BON PETIT SOLDAT

DU MÊME AUTEUR

chez le même éditeur

Premier roman, 1998
Zeyn ou la reconquête, 2000
Ils m'ont dit qui j'étais, 2003
Bouche cousue, 2005
Le Cimetière des poupées, 2007
Mara, 2010
Pour mémoire, 2011

chez Plon

Entretien avec René Descartes, 2011

MAZARINE PINGEOT

BON PETIT SOLDAT

Julliard
24, avenue Marceau
75008 Paris

Ouvrage publié sous la direction de Betty Mialet

ISBN 978-2-260-02035-6

Pour Astor, Tara et Marie,
encore

Ceci, uniquement pour montrer que la mémoire n'est pas un bloc monolithique qui se trouverait dans notre cerveau une fois pour toutes ; c'est plutôt, si les grands mots sont permis, un acte moral sans cesse renouvelé.

Christa Wolf

At the age of thirty-seven she knew she'd found forever
As she rode along through Paris with the warm wind in her hair...

Marianne Faithfull,
The Ballad of Lucy Jordan

Le je est un problème

Pour comprendre ce récit qui n'en est pas un, il faut expliquer quelques éléments biographiques, à l'instar des romans de Dostoïevski où l'on peut invariablement trouver une bible qui apprend qu'Aliosha est aussi Alexis, mais aussi Alexéi, mais aussi Alyoshka, Alyoshenka, Alyoshechka, Alexeichik, Lyosha ou encore Lyoshenka, et qu'il est le frère du neveu de la grand-mère de l'héroïne.

Vous-même répondez à plusieurs prénoms et diminutifs – mais comme vous avez du mal à vous nommer, ils n'apparaîtront pas, ou succinctement. Vous êtes l'enfant d'une femme et d'un homme – jusque-là comme tout le monde bien que la science ait fait des progrès en la matière. Cet homme a une haute fonction dans la République, la plus haute en réalité, mais ceci n'est vrai qu'à partir de vos six ans. Par ailleurs il a une femme, qui n'est pas votre mère, mais son épouse officielle, avec laquelle il ne vit plus mais dont il n'a jamais divorcé, et qui l'accompagne dans ses déplacements professionnels ; deux fils de ce lit, que vous n'avez rencontrés qu'à sa mort, mais dont vous connaissiez nécessairement l'existence parce que cette autre famille, officielle donc, passait à la télévision ou apparaissait dans les journaux à ses côtés. Vous, vous regardiez la télévision, mais vous ne pouviez y apparaître avec eux, parce que vous n'étiez pas censée exister. Pour autant, tout le monde ou presque paraît-il, dans un certain *petit milieu*, connaissait votre existence, ce que vous-même et votre père ignoriez. Il vous a donné un prénom impossible à cacher, aussi avez-vous appris à ne pas le dire pour rester invisible. De là vous vient, certainement, cette difficulté à nommer : vous-même d'abord, vous avez aménagé des ruses pour vous y soustraire. Les autres ensuite, du moins vos proches, ou encore ceux que vous voulez « protéger » (de quoi, c'est là la question) : alors vous utilisez les initiales, pour n'être pas responsable d'un quelconque secret dévoilé. Votre mère était quelqu'un de discret et passionné à la fois. Devant les autres, elle appelait votre père « Monsieur le président ». Chez vous, c'était Tchékino, petit François en italien. Il y avait ainsi différents niveaux de langage selon que l'on se trouve dedans ou dehors. Mais dehors, on s'y retrouvait peu. Aussi avez-vous été dispensée d'appeler votre père « papa » en public, ce qui n'aurait pas manqué de susciter une gêne.

Votre famille se compose donc d'une mère, d'une belle-mère qui n'en est pas une, de deux demi-frères qui ont l'âge de votre mère, d'un père qui a l'âge de votre grand-père et, par conséquent, pas de grands-parents de ce côté-là, ils sont morts un demi-siècle plus tôt. Des oncles et des tantes, vous en avez sans doute en pagaille, mais il vous est difficile de savoir qui est qui, dans quel ordre, et de mettre les bons prénoms sur les bonnes personnes dont de toute façon vous ne connaissez pas les visages. De l'autre côté, vous avez une famille normale, des oncles et des tantes que vous connaissez intimement, sans jamais mélanger les prénoms, et que vous adorez. Votre grand-mère maternelle vous appelle « Zaza », parce qu'elle a compris elle aussi que votre prénom était embarrassant (pour elle d'abord, qui vient d'une famille de militaires et de droite où une femme qui n'est pas mariée est une fille-mère). Cette fille-mère, votre mère donc, avait un caractère suffisamment trempé pour que personne ne la fasse chier. Mais elle avait aussi une adoration mystique pour votre père, qui explique qu'elle ait finalement accepté de vivre dans l'ombre.

Il doit manquer des choses (un chat, un chien, des cousins), ça vous reviendra peut-être.

« Qu'est-ce que tu préfères ? » Vous n'arrêtiez pas de demander. Ça les agaçait, vos parents. Et vous les comprenez aujourd'hui. Pourquoi préférer le bleu au rouge, les chaussettes roses aux vertes, les pommes aux poires ? Pourquoi à tout prix vouloir préférer ? « On n'est pas obligé de choisir », « On peut aimer les deux ». Chez vous, quand il y avait deux choses, on les gardait ensemble. Elles ne se rencontraient pas. Elles coexistaient.

Vous, vous n'avez jamais fait l'objet d'un choix. D'un choix de vie peut-être, le fameux « quelque chose plutôt que rien ». Mais pas d'un choix entre deux « choses ». Il n'y a pas à préférer quand les autres consentent à partager. S'il y a plusieurs formes d'amour, pourquoi ne pas les vivre toutes en même temps ? La question à se poser devient alors : comment ? Le comment est un système, une loi tacite que personne n'interroge, un contenant. À l'intérieur, on s'arrange, on accepte, on prend sur soi, les places se fixent au fur et à mesure, les privilégiés circulent de l'une à l'autre, les autres entrent en religion.

Il y a comme ça des sujets interdits, on en fait un livre et on pense être délivré de la muselière. On se trompe, comme toujours. Quand « moi » est un sujet tabou, il le demeure. Ce n'est pas qu'on a peur de se raconter, c'est qu'on y trouve si peu d'intérêt qu'on finit par se taire (ce en quoi on n'a pas forcément tort). On vit sans pouvoir raconter ce qu'on vit, les événements ne s'impriment pas, ils passent, flous, à la surface, et, quand ils émeuvent, ils restent des émotions, c'est toujours la trame qui manque. Rien jamais ne se transforme en mots, pas même les sentiments (surtout pas les sentiments). Seuls les concepts ont le privilège de percer et de prendre forme. Alors on fait de la philosophie, on trouve quelque chose de tangible dans ce qui pour les autres semble abstrait.

Vous ne voyez pas ce que je veux dire ? Ce n'est pas grave. Et même c'est préférable. Je ne vais pas faire des sous-titres. Je ne vais pas commencer à parler de moi.

Aussi « moi », c'est « vous », que ce soit dit une fois pour toutes.

L'abstraction, c'est votre matérialité, votre évidence, votre milieu : vous pouvez vous y promener sans avoir peur d'être vue, et sans prendre de risque. Vous pensez le monde au lieu de le vivre, vous parvenez même à penser la vie parce que vous n'êtes pas idiote et qu'en matière de stratégie, vous vous y connaissez.

Vous enrobez le désir absent. Vous le revêtez de phrases savantes et sensibles, de phrases intelligentes. Vous avez choisi l'intelligence parce qu'elle est incontestable. Vous avez les diplômes. Et pourtant c'est là que vous commencez à vaciller. Le doute s'immisce. Vous êtes aspirée par le vide, le tombeau de votre désir est comme un appel d'air, il vous secoue, et vous révèle à quel point votre fuite vous est devenue insupportable : finalement, vous non plus, vous ne faites pas de choix. Vous êtes là où on ne vous attaquera pas, parce que vous avez été attaquée de toute part, parce que votre existence est en elle-même quelque chose qui dérange. Vous êtes une dette à vous toute seule. Vous êtes le puits sans fond de tous les créditeurs. Un gouffre de culpabilité ouvert à tous.

Vous étiez tranquille, pendant un temps. On ne vous dérangeait pas. Vous aviez une petite vie, un métier, des amis, vous aviez atteint la banalité tant souhaitée depuis si longtemps, c'est le quotidien qui était votre fantasme, le solide, le toujours, mais aussi le libre, la maison ouverte à tous vents, amis, animaux, enfants, du vin et des gâteaux, de la musique, des discussions, vous aviez recréé votre phalanstère, à peine parfois étiez-vous importunée par des appels masqués de journalistes en peine d'inspiration. Il y avait le dehors, et le dedans. Comme avant. Au fond comme avant.

Et puis ? Et puis rien. Les choses ont légèrement bougé, les enfants ont légèrement grandi, les petites angoisses vous ont légèrement rattrapée, et la campagne présidentielle a commencé.

8 janvier 2012

« Les 8 janvier, il ne fait pas beau en Charente. L'anniversaire de la mort de papa. Désormais les années commencent ainsi. » Vous êtes un peu décontenancée de trouver ces phrases en ouverture de *Bouche cousue*, publié il y a sept ans. Ce sont les mêmes que vous auriez pu écrire, alors que vous reprenez aujourd'hui votre journal. On n'échappe pas aux rituels, ni à la météo charentaise. Cette année encore il pleut lorsque vous arrivez à Jarnac, une écharpe au cou et le nez rouge, des regrets anticipés de ne pas vous être maquillée – des dizaines de photographes, bien sûr, mais vous oubliez toujours (vous le faites exprès ou quoi ? Vous n'avez jamais rêvé, enfant, d'être une femme fatale, une beauté, une diva ?), vous écoutez le discours inspiré d'un autre François, vous commencez à vous dire, pourquoi pas, il est tellement sympathique, il est de gauche, il s'inscrit dans une histoire, il sillonne la France qu'il aime, il fait parfois les mêmes gestes

– les journalistes s'en amusent mais il n'y a pas de quoi, ce sont juste les gestes du bon orateur –, il rappelle des dates, des faits, et même des citations. Vous applaudissez, vous souriez, comme votre frère à côté de vous (oui, vous avez un frère, et même deux – cf. prologue), comme tout le monde, l'espoir au bord du cœur. D'autres se souviennent sans doute, qui ont vécu trente ans plus tôt d'autres événements, plus exaltants encore. D'autres sont peut-être nostalgiques, pas vous, vous étiez une enfant alors, une adolescente ensuite, aujourd'hui une adulte amnésique.

Qu'est-ce que vous faites ici, dans ce village natal que vous ne connaissez que depuis sa mort, ces terres où est née votre famille, auxquelles vous n'êtes reliée que par un tombeau ?

La matière de votre vie vous est à vous-même masquée, moins à d'autres, apparemment. En ce moment, quelques pages s'écrivent : mort en novembre de votre belle-mère qui ne fut jamais votre belle-mère, qui disparaît, emportant avec elle ces secrets que vous n'avez jamais voulu arracher. « Voulu » ? Non, non, pas osé. Pas pu, lâche, couarde, pas capable de prendre votre téléphone et de composer un numéro, pas capable de poser des questions en face, pas capable d'affronter l'interdit – ce n'est tout de même pas vous, l'enfant chérie, qui allez commencer à trahir. Pas cap d'affronter ni le mensonge ni la vérité, de déranger une vieille femme qui n'avait aucune raison de vous aimer – vous l'aviez suffisamment emmerdée. Pas cap de vous avouer,

« mais elle aussi vous a dérangée, au fait », oui mais « ce n'est peut-être pas de sa faute, après tout ». Prête à excuser et à vous taire. Même s'il s'agit de votre histoire, de votre survie, de votre avenir.

Cette histoire n'a pas à être interrogée, point final.

10 janvier

Quand même : vous vous demandez si l'histoire de votre père appartient à la vôtre. A priori, elle en est le commencement : ce serait l'histoire d'une lignée, d'une généalogie.

Mais la généalogie se corse. Votre père et celle qui ne fut pas vraiment votre belle-mère, parce qu'il n'y a pas de terme pour définir la femme de votre père qui n'est pas votre mère avec laquelle il vit pourtant, ont construit une histoire familiale. L'un des jalons fut la mort de leur premier fils. Ce premier fils s'appelait Pascal. Vous ne savez pas exactement quand il est né, pendant la guerre ou à la fin. Vous pourriez retrouver la date exacte, après tout il existe des biographies de votre père. Mais vous avez toujours eu du mal à porter un regard historique sur les choses. Peut-être à cause de votre défaut de mémoire ou, plus simplement, parce que vous avez été chassée de l'histoire officielle. Votre histoire, elle, ne s'inscrivait pas dans le même temps que celui des autres.

L'histoire de ce couple, cette tragédie dont vous n'avez jamais entendu parler, en tout cas pas de la bouche de votre père, ne vous concerne pas. En êtes-vous si sûre ? Une histoire individuelle s'inscrit nécessairement dans l'histoire d'une famille. Mais de quelle famille ? Une famille verticale, qui s'étend dans le temps ? Ici, elle est horizontale, et elle se superpose à la vôtre. Votre demi-frère est mort, vous naîtrez des décennies plus tard. Votre père qui était aussi son père ne vous en a jamais parlé, certainement parce qu'il s'agissait de l'enfant d'une autre. Quant à votre mère, elle l'a appris par hasard. Un ami commun le lui a raconté au détour d'une conversation. Ainsi elle savait. Peut-être a-t-elle interrogé votre père là-dessus. Ce n'est pas sûr. Apparemment il serait mort d'une colique liée à un lait qui aurait tourné, c'était l'époque des carences alimentaires et d'une hygiène rendue difficile par les circonstances. Quelle blessure cette mort a-t-elle laissée dans l'âme de votre père ? Pourquoi n'a-t-il pas partagé cet élément intime de sa biographie avec vous ? Vous ne parvenez pas à considérer qu'il s'agit là de votre demi-frère. Vous ne parvenez pas à considérer que le père de cet enfant mort est aussi votre père. Vous n'avez finalement aucun rapport avec ce bébé qui n'a vécu que quelques mois. Et pourtant. Vous êtes née du même sang. Cela crée-t-il des liens ?

Pas du tout. Cette histoire est ancienne et appartient à une autre vie. Vous imaginez un exilé qui aurait laissé une famille dans son pays d'origine, et reconstruit une autre sur sa nouvelle terre. Irréductible fracture entre les deux existences. C'est un peu la même chose pour vous, sauf que votre père voyageait encore entre les deux continents : sur lequel des deux était-il un *exilé* ?

Raconterez-vous à vos enfants qu'ils ont eu un oncle (est-ce bien cela ? Vous hésitez entre cousin, grand-oncle, mais après réflexion, oui, il s'agirait bien d'un oncle), mort en bas âge, parce que c'était la guerre et que l'hygiène y était défectueuse, ou juste après la guerre, pendant les années de carence, des années qui de toute façon pour eux s'apparenteront à de la préhistoire. Des années d'un autre siècle. Littéralement. Des années pendant lesquelles leur grand-mère naissait, c'est-à-dire votre mère, plus jeune ou contemporaine de ce frère mort. Ils ne savent déjà pas qu'ils ont des oncles vivants. Ou peut-être leur avez-vous dit. Oui, en y songeant, vous y avez déjà fait allusion. Ils n'ont pas vraiment posé de question. Cela pourrait même leur paraître normal, comme à vous, lorsque vous aviez leur âge, et que vous saviez plus ou moins que des frères quelque part grandissaient, ou plutôt menaient déjà leur vie d'homme, et faisaient des enfants, qui aujourd'hui ont quasiment votre âge.

Redoutez-vous de leur expliquer ? Ou plutôt de leur *dire*, puisqu'à vous-même cela reste inexplicable ? Il faut bien vous avouer que, parfois, vous manquez de courage. Par quoi commencer ? Chronologiquement ? Très vite la chronologie se brouille et, comme les lignes de vie, se divise : deux chemins se dessinent, en parallèle. Ils appartiennent à une branche, à ce chemin qui continue à travers eux. Combien de fois avez-vous observé les paumes de votre père ? Impossible pourtant de vous rappeler les lignes qui les creusaient.

Peut-être auriez-vous dû les convier à l'enterrement de la femme, l'autre, la mère des trois enfants, dont l'un mort ? Là-bas, il y avait tout le monde, les deux lignes convergeaient, le temps des funérailles et autour d'un cercueil. Ils auraient rencontré vos frères, vos cousins, les oncles de vos frères qui ne sont pas les vôtres, la maison familiale dans laquelle votre père dut partager de nombreux repas, avec des gens qui sont des étrangers pour vous, mais qui ne peuvent l'être complètement, et que vous découvrez, en ce jour de rassemblement. Décidément, dans votre famille les enterrements réunissent. Il n'y a que la mort pour ça. Mais les emmener avec vous, dans ce train bondé de socialistes et de journalistes, c'était les exposer très tôt, aux caméras et au protocole. On ne peut rien faire discrètement. Le protocole justement. Pas facile de savoir où s'asseoir. Parmi les invités ? Au milieu des badauds ? Dans le rang familial ?

C'est ce qui finalement a eu lieu, parce que vos frères sont de généreuses personnes. Vous partagez l'*esprit de famille*. Quant à l'enterrement de votre père, ils ont dû s'amuser, les organisateurs. Mais les enfants d'abord. Vous êtes montés tous les trois dans l'avion, entourant le cercueil. C'était la première fois que vous rencontriez Gilbert, le deuxième. Jean-Christophe vous avait conviée préalablement à déjeuner, pour « faire votre connaissance ». Et, très vite, vous avez parlé de votre père très naturellement. Pourtant, lorsqu'ils disaient « papa », vous ne pouviez empêcher cette pointe d'étonnement de transpercer, sans violence ; d'autres disaient « papa », vous pouviez donc le partager, le prolonger.

Un même père, un même amant (pas en même temps), un même homme. Qui n'était pourtant pas exactement le même des deux côtés du miroir.

Et puis les mêmes grands-parents, les mêmes oncles, les mêmes tantes – vous étiez donc bien de la même famille (même si les journalistes ont repris en chœur, « les deux familles », « deux familles réunies »). « Papa », ce mot si étrange quand il est prononcé par des inconnus, aura finalement créé des liens.

22 janvier

Deux enterrements, donc. L'un qui sonne la fin d'une vie ; l'autre, commémoratif, qui célèbre un souvenir.

Et puis un meeting. L'enthousiasme qui rajeunit, l'espoir qui renaît. Passation de pouvoir, passation d'époque, il se passe quelque chose. À l'intérieur des plaques tectoniques bougent, c'est un sacré bordel, vos bienveillants concepts n'y peuvent pas grand-chose. « Dans cette bataille qui s'engage, mon véritable adversaire n'a pas de nom, pas de visage, pas de parti, il ne présentera jamais sa candidature et pourtant il gouverne. Cet adversaire, c'est le monde de la finance. » François Hollande lance sa campagne sur la scène du Bourget, et ses mots font écho à ceux que prononça un jour votre père. « L'argent qui pollue, l'argent qui corrompt [...]. » Vous assistez au premier rang, masque de votre père, symbole vivant, groopie, affiche. Vous vous en foutez un peu, vous assistez, vous applaudissez, premier degré, militante de base, contente, satisfaite, presque exaltée. Dans les coulisses, vous connaissez votre rôle, tout le monde connaît son rôle, il suffit de ne pas être dupe. Vous pensez que rien de tout cela n'est grave et que, au contraire, un vent nouveau va dépoussiérer un peu ces dernières années sombres, minées, ruinées, désolées, laborieuses, conflictuelles, pesantes. On attend toujours de l'extérieur un *deus ex machina*, et, là, il se présente, et, là, on a envie d'y croire. Il va changer notre vie, la vôtre.

Vous ne vous rendez pas compte qu'on frappe à votre passé.

23 janvier

« At the age of thirty seven... » Vous roulez dans Paris, radio à fond, mais elle, Marianne Faithfull, dont la voix emplit l'automobile « réalisa à cet âge que, jamais, elle ne traverserait Paris dans une voiture de sport, un vent tiède soufflant dans ses cheveux » ; et que fit-elle ? Que fait une femme qui s'aperçoit soudain que cet instant de légèreté, de sensualité, de liberté n'aura pas lieu et qu'elle a TRENTE-SEPT ANS ? Elle « s'assoit et se met à chanter doucement » – bien sûr, chanter, s'asseoir, cela tombe sous le sens, régresser, laisser entrer la nostalgie, et murmurer doucement – « des comptines jadis apprises dans le fauteuil de son papa[1]. »

Vous aussi vous avez trente-sept ans et vous pensez avoir vécu votre vie. Vous vous sentez vieille et enfant à la fois, pourtant votre corps ressemble à celui d'une jeune fille. Vous n'imaginez pas qu'une autre moitié de vie s'étale devant vous. Que pourrait-il arriver de nouveau ? Les jalons sont déjà posés. Il vous suffit de continuer dans cette voie. Cette idée vous angoisse. Vous n'avez pas envie de mourir, et continuer, c'est un peu mourir.

Vous avez trente-sept ans. Vous avez peur, et vous ne souhaitez pas faire ce cadeau empoisonné à vos enfants. Vous commencez à vous pencher sur votre passé, et vous n'y trouvez pas grand-chose. Quelques comptines peut-être, apprises sur les genoux de *papa*. Pour le reste, votre mémoire est blanche. Pourtant, quelques formes émergent du brouillard, et ce sont peut-être elles qui mettent en déséquilibre ce que vous aviez si soigneusement construit.

Combien de vies a eues votre père ? Quel était le fil conducteur ? Comment conservait-il son unité malgré tout ? Car votre père avait bien une unité qui dépassait ses multiples vies. Il n'était pas schizophrène. Pas plus qu'il n'était différent, *essentiellement* différent dans ses

1. « At the age of thirty-seven she realised she'd never/Ride through Paris in a sports car with the warm wind in her hair./So she let the phone keep ringing and she sat there softly singing/Little nursery rhymes she'd memorised in her daddy easy chair », *The Ballad of Lucy Jordan*.

différentes vies. Il demeurait lui-même, cet homme imposant et silencieux, confiant et méfiant à la fois, profondément bienveillant, sauf sur la scène politique, mais cela restait un jeu, une nécessité à l'intérieur des règles de ce jeu, et qui n'entamait pas sa confiance en l'homme – non pas une confiance en l'homme générique, mais en celui qu'il rencontrait. Enfin votre père était quelqu'un de secret. Et il avait incarné son secret en vous. Même avec son secret, il avait des secrets. Et ses secrets étaient le point nodal de toutes ses histoires, le lieu où elles se rencontraient, ce lieu que personne n'a jamais pénétré.

Vous ignorez où vous vous situiez dans l'échelle. Vous étiez aimée, oui, mais vous savez, et c'est bien naturel, que votre sœur ennemie la France fut parfois (et même souvent) plus importante. De sept heures et demie du soir au lendemain matin sept heures et demie, vous aviez votre père. Le reste du temps, il redevenait Président. C'était un père alterné, comme il existe des gardes alternées. Rien ne permettait de relier les deux personnes. Dans l'une des sphères, vous pouviez le voir, le toucher, lui parler, rire et manger avec lui. Dans l'autre, il était aussi lointain avec vous qu'avec n'importe qui, une image, un personnage, auquel vous n'aviez nul accès. Le téléphone portable n'existait pas encore ; de toute façon aucun moyen de télécommunication n'aurait pu atténuer la distance qu'il y avait entre votre père et le président de la République. Vous n'auriez pu le localiser, même avec un GPS, tout simplement parce qu'il n'y était plus votre père. Les rares fois où vous vous êtes retrouvée à ses côtés, dans l'« espace public », vous partagiez des regards de connivence, qui protégeaient votre secret, mais il demeurait le Président, et il vous était interdit de lui sauter dans les bras. À l'école, il appartenait à tout le monde, on pouvait commenter ses faits et gestes. Vous n'aviez pas de longueur d'avance sur les autres, vous étiez à leur niveau. Quand vous entendiez quelqu'un le critiquer, néanmoins, vous souffriez plus que les autres. C'était votre seul privilège. Et lorsque vous le regardiez à la télévision, assise à table à ses côtés, vous faisiez bien la part des choses entre l'acteur qui serrait des mains sur le petit écran, et la personne réelle qui reposait sa fourchette. L'un et l'autre n'avaient aucun rapport.

Dans la journée, quand c'est *l'autre* qui prenait le pas, vous n'aviez plus de père. Il disparaissait tout simplement, comme par magie. Vous deviez attendre la fin de la journée pour que le carrosse se transforme en citrouille. Vous préfériez la citrouille – du carrosse, vous étiez exclue. Et ce n'est pas de visiter, de temps à autre, ses « bureaux » qui vous le rendait plus proche : là-bas, par le même effet de magie, il n'était pas votre père, malgré ses efforts laborieux pour le devenir.

Ce n'est que dans votre antre dérobé aux regards qu'il reprenait forme humaine, c'est-à-dire qu'il redevenait « papa ».

Vous étiez logée dans un appartement sans vie, qui ne vous appartenait pas, que vous n'aimiez pas. Un appartement sans histoire, sans mémoire, sans vos meubles, sans vos souvenirs, qui échappait au quartier, à la ville, à la connaissance.

Ce que vous saviez : cette grande porte qui s'ouvre et se ferme automatiquement, à condition d'un laissez-passer. On vous escortait de la cour jusqu'à la porte d'entrée, celle-ci claquait. C'était fini. Plus rien de la vie parisienne n'entrerait dans le repaire. Mais toute votre vie était là, qui vous attendait sans support, ni photos ni posters. Quelques vêtements dans une armoire, comme à l'hôtel – mais vous n'alliez pas à l'hôtel, trop voyant. Vous en avez d'ailleurs nourri une passion pour ces chambres de passage. Quand vous avez eu votre chat et votre chien, la chaleur y est entrée. Le chat y habitait. Quand vous étiez absente, vous le saviez là, à vous attendre. Parfois, vous ne le retrouviez plus. Il y avait des espaces difficilement accessibles, vous-même ne connaissiez pas bien cet appartement où vous avez vécu plus de dix ans. Vous l'avez parfois exploré, en touriste, parce que vous aviez fini vos devoirs et que vous vous ennuyiez. Vous en reconnaîtriez les odeurs, si elles existaient toujours, le bruit du parquet sous vos pas, amortis par la moquette. Vous pourriez faire un plan de l'appartement, qui tournait autour de quelque chose, vous ne savez pas quoi, mais enfin, il y avait un mouvement circulaire. Un couloir, un long couloir, un couloir qui tournait. Vous avez une vision très nette du couloir. Toutes les portes s'ouvraient sur la droite. Les rares à faire une ouverture sur la gauche étaient celles des toilettes et de la buanderie.

Un soir, vous étiez seule à la maison, vous vous êtes

enfermée dans ces toilettes. Il n'y avait pourtant personne chez vous. Mais vous aviez peur. Pourquoi ? Personne n'aurait pu pénétrer la forteresse. La raison n'y pouvait rien. Il vous était impossible de sortir du cabinet de toilette d'un mètre sur un.

Vous viviez un peu comme les agents de la DST ou des services secrets anglais que vous voyiez dans les films : vous aviez plusieurs identités et deviez passer de l'une à l'autre sans vous tromper. Ce métier qui en fait fantasmer plus d'un vous semble le pire cauchemar éveillé. Vous savez, vous, qu'une telle vie rend schizophrène, ou fou, ou paranoïaque. Et pourtant, quel motif romanesque ! Oui, mais pour les autres. Quand on est soi-même le héros du roman, c'est une autre affaire. Il faut prendre la voiture pour aller d'un point A à un point B éloigné de deux cents mètres, s'ennuyer le soir avant le dîner, pleurer dans son lit sans raison, enfin tout un tas de choses triviales généralement coupées au montage. Passer deux heures cachée au fond des toilettes d'un appartement désert, notamment.

Deux heures à hurler, en attendant que votre mère rentre. La pauvre. Elle qui ne sortait jamais. Et là, exceptionnellement, un vernissage important. Elle vous a retrouvée sur le pas de la porte du cagibi, le visage baigné de larmes. Elle s'est sentie coupable, infiniment coupable de votre détresse. Mais elle l'a mise sur le dos de sa sortie exceptionnelle.

De quoi aviez-vous peur ? Sinon de la solitude. Infinie. Abyssale.

Une autre fois, vous vous en souvenez, une amie était

venue dormir chez vous, mais, plutôt qu'elle vous rassure de sa présence, vous lui avez transmis votre peur. Vous couriez de pièce en pièce en criant, ravivant la peur. Vous dissimulant derrière les portes en vous tenant la main. Pour finir par vous enfermer dans la chambre, le cœur battant, jusqu'à ce que les parents reviennent.

Quel danger planait ainsi pour que vous soyez gouvernée par cette terreur animale dans l'antre le plus protégé de France ? Cette peur panique du nucléaire, au cœur de votre abri antiatomique ? Vous n'étiez pas plus entourée de fantômes que de vivants, il n'y avait pas encore beaucoup de morts dans votre entourage. Vous n'étiez pas dans le temps, le jamais et le toujours n'avaient pas de sens pour vous. Il tournait en boucle, dans un éternel recommencement, et pourtant vous le saviez précaire. Mais hors de ce temps-là, c'était votre vie qui commencerait. En aviez-vous envie ? Vous le redoutiez plus qu'autre chose, comme si commencer à vivre allait en faire mourir d'autres. C'est de fait ce qui s'est passé. Mais vous n'êtes pas maître du calendrier.

Quand vous partiez en vacances avec votre mère et votre cousine ou une copine – votre mère avait à cœur que vous ne soyez pas seule ce temps-là – vous ne souhaitiez pas voir réapparaître votre père. Vous étiez bien entre vous. Vous formiez un couple parfait, organisé. Vous aviez votre mère pour vous toute seule, et votre cousine ou votre copine pour jouer. Tout était en bon ordre. Vous saviez pourtant que dans quelques jours aurait lieu l'intrusion, et que les places bougeraient.

Il vous dérangeait. Vous lui en vouliez. Et lorsqu'il arrivait, vous vous forciez à faire bonne figure, mais vous n'en pensiez pas moins.

Cette haine que vous éprouviez « n'est pas normale », vous disiez-vous. On doit être heureux quand son père revient. Mais vous étiez indigne de lui ; parfois, vous ne croyiez même plus en son existence.

Quand il partait, il rejoignait la troisième dimension. Qui est cet homme, *là-bas* ? Personne. Un fantôme. Des habits, le même chapeau abandonné sur la chaise de l'entrée. Et dessous, un clone, un extraterrestre. Un avatar. Alors, lorsqu'il revenait, il fallait un peu de temps pour réintégrer son ancien corps. Le fantôme avait du mal à redevenir chair, l'extraterrestre ne pouvait redevenir terrien en un tournemain. Vous l'observiez, de loin, pour vous habituer à sa présence. Peu à peu elle se consolidait.

Enfin vous le retrouviez. Votre père était revenu. Quelque temps plus tard, il était reparti. « Je crois aux forces de l'esprit », dit-il un jour. Vous aussi vous y croyiez, sans quoi comment comprendre les transformations de votre père en *l'autre* ?

Il fallait bien une continuité qui relie les deux hommes au même chapeau. Et cette continuité ne pouvait pas être le chapeau. D'ailleurs, qui dit que c'était le même. Vous songiez à faire une marque invisible au fond, pour vous assurer qu'il n'y avait pas méprise. Puis vous observiez avec peine ce manque de confiance.

Enfant mauvaise, enfant ingrate. On n'a pas le droit

de détester son père quand il revient. On n'a pas le droit de détester son père. Vous finissiez par vous persuader que vous n'aviez pas de cœur ; l'hypothèse est plus rationnelle que celle du fantôme qui s'incarne.

Il vous a fallu beaucoup de rationalisations pour demeurer l'enfant sage qui s'empêche de hurler « prends ta place ou va-t'en » et lui fermer sa gueule une bonne fois pour toutes. Résultat : vous seriez capable de démontrer n'importe quoi. Si vous aviez eu la mémoire suffisante pour apprendre le code civil, vous auriez fait une excellente avocate des causes perdues. Votre amnésie vous en a prémunie.

Au lieu de ça vous prodiguez des cours de philosophie à des étudiants qui se raréfient – la philosophie, ça sert à rien et aucun philosophe ne porte de Rolex, à part peut-être Michel Onfray et Luc Ferry qui pourraient se l'offrir, mais qui a dit que c'étaient des philosophes (à part eux-mêmes) ? Cela dit vous êtes mal placée pour critiquer, vous qui avez affublé toutes les peluches de votre fils des noms de vos philosophes préférés. Ainsi ne peut-il dormir sans Kant et sans Descartes, les autres faisant la ronde dans son lit, Spinoza, Hegel, Marx et Sartre, en ours noir, panthère, phoque et lapin. Sans oublier Pascal et Heidegger, un éléphant et un cochon (désolée pour ce dernier, mais il l'a mérité). À Descartes il manque un œil ce qui a causé sa disgrâce, paix à son âme.

24 janvier

Des travaux de ravalement commencent dans votre immeuble en même temps que vous commencez votre livre. Ça change un peu : d'habitude, quand vous écrivez un livre vous tombez enceinte. Vous crachez d'un côté et vous enfantez de l'autre. Ou vous enfantez deux fois, c'est selon. Ou c'est d'enfanter qui vous donne la force d'écrire. Ça ne peut pas durer très longtemps. Vous voulez devenir écrivain, pas mère porteuse. Et l'autre nuit, vous avez rêvé que vous donniez naissance à un bébé mort. Faut-il interpréter le signe ? D'ailleurs, votre dernier livre ne s'est accompagné d'aucune naissance. En même temps, il traitait de la Shoah. Et maintenant ? Trouver pire ? Pauvre fille. Il va falloir faire son deuil de quelque chose, et puis il va falloir trouver quoi. Le bébé mort, c'est vous. Vous ne l'avez pas achevé comme il faut.

25 janvier

Au déjeuner, un ami vous raconte : « C'est fou, comme avec les enfants, des flashes de mémoire me reviennent. Je laçais les chaussures de G. sur la patinoire, et je me suis revu avec mon père, dans la même situation... » Pour lui faire plaisir, vous dites : « Oui, c'est vrai, ça m'arrive aussi parfois. » Et puis vous paniquez : non, ça ne m'est jamais arrivé. Ce n'est pas normal.

Très vite vous vous rassurez. Les vies sont différentes, l'époque a changé, vous êtes passée de l'autre côté de la Seine.

C'est faible. Vous êtes bien obligée d'admettre qu'il n'y a pas d'événements quotidiens comparables. Ni le petit déjeuner, ni le déjeuner, ni le dîner, ni le samedi après-midi, ni le dimanche, ni même le dimanche soir.

Votre appartement se situe au rez-de-chaussée, il est ouvert, tout le monde y passe, rares sont les soirs où vous êtes seuls. Les enfants jouent dans la rue, devant, avec leurs copains du quartier. Vous connaissez vos voisins, les parents des autres enfants. Vous improvisez des apéritifs, vous allez faire vos courses à côté, vous emmenez les enfants à l'école, les accompagnez à l'éveil musical et au judo. Vous prenez ensemble le métro, ils font « bain commun » à trois, regardent *West Side Story* sur votre ordinateur, dessinent, mangent des gaufres quand vous avez le temps d'en faire, sont invités chez des copains, invitent leurs copains, se couchent tard parfois. Vous signez les carnets de correspondance, remplissez les cases profession des parents, pour l'école, la CAF, Facil family, vos enfants racontent votre vie à leur maîtresse.

Ce que vous décrivez là, c'est la vie de tout le monde. Celle que vous aimez, que vous habitez, que vous partagez.

Il y en eut une autre. Qui ne se partageait pas. Aller acheter du pain à la boulangerie d'à côté n'était pas envisageable. Rien ne l'interdisait. Cela ne faisait pas partie de vos mœurs. Une fois rentrée, la porte était close sur votre vie extérieure, votre vie sociale, vous endossiez l'autre habit. Et vous vous y sentiez mieux, plus en sécurité, chez vous. Un cocon inattaquable et inconnu de tous. Vous observiez parfois les voitures dans la cour, et les mouvements de ceux qui rentraient chez eux, bien cachée derrière le rideau. Reveniez à votre bureau. Puis, par terre, vous aimiez y jouer et lire, la moquette était beige.

Quoi d'autre ? Vous aviez donc un chat. Vous découpiez des silhouettes et leur faisiez jouer des saynètes. Leur dessiniez des vêtements. Leur construisiez des maisons avec des boîtes à chaussures. Parfois vous rêvassiez. Jamais à partir du réel. Vos histoires ne s'inscrivaient dans aucun lieu précis. Il y avait des blousons noirs et des rockers, des garçons qui ressemblaient à John Travolta dans *Grease*. Vous rejouiez les scènes d'Olivia Newton John, vous vous entraîniez à la chorégraphie, toute seule, dans le couloir. Vous possédiez en tout et pour tout cinq cassettes. Vous marchiez de pièce en pièce, en observant les objets, pour imaginer quoi en faire, comment les transformer, les laissiez finalement en plan. Dans la cuisine vous ouvriez le frigo ; jamais vous ne vous serviez – on ne mange pas entre les repas. Et vous attendiez. Vos parents ne rentraient pas très tard. On ne se rend pas compte combien les journées des enfants sont longues. Quand votre mère arrivait à six heures et demie – sept heures, cela faisait déjà plus de dix heures que vous vous étiez séparées. Elle posait les courses et préparait le repas. Votre père arrivait à son tour. Le cocon était reformé.

Vous pouviez baisser la garde. Et manger tranquilles. Le lendemain, il faudrait à nouveau abandonner son premier rôle pour le second, et enfiler son costume d'écolière. Voilà.

Pourquoi aucune réminiscence ne vous traverse-t-elle ? Pourquoi rien ne vient jamais réactiver votre mémoire ? Il doit bien y avoir quelque chose dans votre quotidien, un détail, un incident, une anecdote, une odeur, capable de ressusciter une bribe de votre enfance ? Capable d'ouvrir la boîte à souvenirs ?

Mais non. Le passé vous abrutit de son silence.

26 janvier

Vous faites des listes parfois. Des listes d'exemples de stupidité. Vous avez eu l'excellente idée, avec votre camarade JM, de proposer une émission d'une heure (c'est long), à France Culture (pas de pub), sur l'enfance de l'invité. Et vous vous retrouvez aujourd'hui à appeler des gens pour leur proposer de venir vous parler de leur enfance (les doigts ont tapé « mon » enfance, mais ne commencez pas à révéler tout ce que tapent vos doigts...), à quémander auprès d'assistantes des miettes de vie privée. Vous vous faites l'effet d'une voyeuse-arnaqueuse-impudique. Vous posez des questions sur la pointe des pieds, vous avez peur des blancs, vous avez mal pour vos invités. Peut-être sont-ils à l'aise, contents même d'en parler, après tout ils acceptent l'invitation – mais c'est plus fort que vous, en leur laissant un mail, vous insistez sur le fait que vous comprendriez parfaitement qu'ils n'en aient pas envie. C'est engageant. Vous évitez le portable : trop intrusif, ça ne laisse pas le choix, ils seront gênés de dire non. Et faire ces émissions devient une torture.

Pourtant, le soir dans votre lit, vous les rêvez. Vous imaginez des entretiens profonds, bouleversants, vous conversez avec eux dans la plus profonde intimité et dans une intime profondeur. Au matin, vous vous demandez : viendront-ils pour moi ? Mais pour qui ? Pour ce que je représente ? Par curiosité ? C'est-à-dire précisément pas pour moi. Alors vous retravaillez : *il faut que mes questions soient à la hauteur.*

À la hauteur de quoi ?

De votre mission.

Mais quelle mission ?

Celle qui s'est longtemps confondue avec votre vie.

Pourquoi avez-vous passé de grands concours ? Réponse rationnelle : pour l'anonymat, pour vous prouver que vous valez quelque chose dans des conditions d'égalité – non, de neutralité. Pour disparaître. Pour demeurer invisible sous des titres. Et Dieu sait que vous vous foutez des titres : forcément, vous les avez. Dès lors ils ne valent plus rien.

Réponse proche d'une vérité : pour être à la hauteur, pour avoir la caution extérieure de cette hauteur, pour que cette hauteur soit validée par des critères reconnus par tous.

Résultat : échec.

Qu'y avez-vous gagné ? Un métier de la fonction

publique, que vous aimez, mais qui vous pose problème. Un métier de représentation mais où l'on ne représente rien d'autre que des livres d'auteurs morts. Un métier de transmission, et ça, ça vous plaît (plus en tout cas que les nouvelles tâches administratives que vous imposent l'autonomie doublée de la paupérisation des facs).

Vous vous êtes longtemps abritée derrière Descartes et Spinoza. Vous avez l'impression qu'ils ne peuvent plus grand-chose pour vous (pardon René).

Conclusion : mettre votre idée d'émission en tête de votre liste.

26 janvier, soir

En parlant d'émission : invité ce soir à « Des paroles et des actes », François Hollande fait preuve de son fameux sens de la repartie (celui que vous avez vous aussi, le soir dans votre lit, en vous rejouant vos émissions, quelques heures après qu'elles sont finies). À Alain Juppé qui lui assène, jouant les Cassandre : « Depuis vingt ans, le favori du mois de janvier n'a jamais été l'élu du mois de mai », il répond : « Laissez-moi être le favori du mois de janvier et en mai, les électeurs choisiront... » Il ne faut pas bouder son plaisir. Et faire de la politique une question de statistiques n'est pas forcément lui rendre service. Juppé sait pourtant qu'elle aurait besoin de redorer son blason. Mais il est missionné. Et vous savez par expérience que les *bons soldats* ne convainquent pas toujours (surtout lorsqu'ils voudraient devenir capitaines).

27 janvier

Vous envoyez à votre mère une photo réalisée par une photographe talentueuse – vous enfant et vous adulte, côte à côte, dans la même position, la même tenue, la même expression –, supposant que ça lui ferait plaisir, que ça l'attendrirait, que ça l'amuserait. Ou que ça susciterait, chez elle, un désir de raconter, de revenir sur le laps de temps écoulé entre les deux prises (vous avez des manières très détournées de poser des questions – c'est aussi qu'on semble réticent à vous répondre).

Elle vous renvoie par mail : « Je vois surtout les ravages de la cigarette. » (Ce qui ne relève pas de la réticence, mais d'un refus sans appel.)

L'âge adulte pour vous se résume à cela : les ravages de la cigarette. Il n'y a qu'une mère pour parvenir en aussi peu de mots à réinventer la fission nucléaire.

Les ravages. Du temps ou de l'enfance ? Vous ne lui demanderez pas. Entre ces trente années, il y eut : le passage de l'ombre à la lumière du jour au lendemain, la mort du père, les années d'études, les concours, les amours, les enfants. Tout ça résumé aux ravages de la cigarette. Une mère n'apprécie peut-être pas de voir son enfant grandir ?

Un costume noir et blanc, un parapluie sur l'épaule, des barrettes dorées dans les cheveux : vous paradez à la façon d'un militaire, imitant en cela ceux qui viennent de défiler lors du premier défilé de votre père. « Le premier défilé de votre père », ce n'est pas le premier auquel il participe, ou le premier qu'il contemple, comme on dit, c'est mon premier spectacle, mon premier film, mon premier concert – cette tendance à s'approprier une chose qui ne nous concerne pas et à lui faire jouer un rôle, tout au moins de témoin, dans notre histoire. Non, « c'était son premier défilé » signifie : en tant que Président, c'est le premier défilé qu'il avait sous sa responsabilité, sous son ordre, sous sa fonction, dont il était censé être le chef – chef des armées, c'était *son* premier défilé. Comme vous étiez *son* enfant, comme le monde avait fini par lui appartenir.

Pendant ce temps, Nicolas Sarkozy passe à la télé, pour montrer ses tics, et sa tactique de séduction, qui passe désormais par la mise en avant de sa douleur et de son courage : être Président, c'est lourd. Certes. Mais personne ne lui demande de se sacrifier pour nous. L'indécence de cet homme qui jouit de s'entendre parler. Voilà une jouissance qui finit par n'être que personnelle. Avant, elle semblait contagieuse (vous avez toujours été prémunie), désormais elle apparaît onaniste.

Ce qu'il sacrifie, c'est avant tout la langue française. Dans un débat sur l'identité nationale, c'est plutôt malvenu. On a fini par oublier que la langue pouvait être un vecteur d'enthousiasme – elle est devenue soit technique (les experts), soit communicante (le parler vrai ou le politiquement correct). Il a fait de la destruction du langage un style, comme la vulgarité peut être un style. Le mystère est de comprendre comment il a pu séduire.

Par la peur peut-être.

Vous avez peur de beaucoup de choses, mais pas d'un homme comme lui : on le dit autoritaire, ou autoritariste, qui humilie ses conseillers, ses proches, ses secrétaires. Vos anciens gardes parfois vous racontent. Ceux qui ont continué leur métier. L'hystérie, les colères, on n'attend personne dans les convois à l'étranger, puis on hurle sur ceux qui sont en retard, on ne visite pas le pays, vexant les hôtes, on change de planning sur un coup de tête, on engueule en public. Se tenir était sans doute le lot d'une génération précédente, de ceux qui ont connu la guerre, se taire, s'enfuir, dormir dans des forêts glacées, partager la soupe, prendre des décisions de vie ou de mort. Et avant : partir en internat de longs mois, sans voir ses parents, dormir dans des chambrées nombreuses, réveil à l'aube, dans le froid, repas collectifs, vie collective qui renfloue la solitude, des messes interminables puisqu'il s'agit d'établissements catholiques, des interdits en cascade, le temps qui passe, et les saisons qui rythment la vie de province. Les enfants ne parlent pas à table, ils sont trop nombreux pour qu'on fasse attention à eux individuellement. Austérité de ces grandes familles marquées par la religion et les convenances. La petite bourgeoisie ancrée en sa terre, nourrie de sa terre, de ses ancêtres et arbres généalogiques, les drames tus, les dimanches empesés, un certain humanisme prôné, des plafonds bas, des pièces obscures, des feux qui brûlent dans la cheminée, des chambres étroites tapissées, des lits bateaux, les rues d'un village qu'on aime mais qu'on voudrait quitter, parce que la vraie vie est ailleurs, l'avenir est à Paris, et on a eu le temps de l'imaginer, cet avenir. L'argent est tabou, on en a suffisamment pour n'en point parler, on n'en cherche pas davantage. Les jeunes gens qui partent sont recommandés dans des familles convenables ou entrent dans des foyers pour garçons de bonne famille. Ils sont libres, ils courent les rues parisiennes, les bouquinistes, lisent, sortent, rencontrent d'autres garçons de leur âge, écrivent des essais et des bouts de romans, des lettres, beaucoup, à l'heure où les communications s'inscrivent encore dans le temps. On néglige un peu ses études, on n'est pas venu à la capitale pour ça, mais pour vivre, mais pour s'expérimenter, mais pour s'éprouver dans cette liberté inédite. Sans doute se sent-on seul parfois, pourtant la vie est grisante. On s'intéresse à la politique, on cherche, on tâtonne, on appartient encore à la sphère d'influence familiale, on apprend à devenir soi-même. Bientôt, ce sera la guerre. Qui remettra tout à niveau, qui bouleversera les hiérarchies sociales, qui apprendra l'égalité sur le tas, une égalité par défaut, dans des camps allemands. La solidarité, l'habileté, la discrétion, mais aussi l'apprentissage du pouvoir.

Une autre époque, oui. Aujourd'hui, à dix-huit ans on appartient à un parti politique et on passe à la télévision, on grandit à Neuilly et on y reste, on a soif d'un pouvoir personnel. On monte des échelons internes, sans sortir de son parti, sans sortir de chez soi, sinon pour commencer à serrer des mains, on s'habille en costume pour faire oublier les dernières traces d'acné. On joue. On joue à être président, on se regarde dans le miroir, on s'écoute parler, on s'aime tout en se détestant. On aime sa classe, sa caste, son appartenance. On évolue dans des milieux d'argent, on a soif d'argent. On veut faire oublier son physique, sa petite taille, on oublie d'être jeune, on oublie de vivre, on se dit qu'on se rattrapera plus tard, que toutes les filles seront à vos pieds quand vous serez puissant. Et on a raison. On se maltraite, on s'oublie, on intrigue, on veut être aimé. La politique devient une gestalt thérapie pour guérir des failles narcissiques, une affaire qui se passe entre soi et soi-même, par défaut d'existence.

C'est aussi pour cela que vous aimez Hollande : vous ne décelez aucune pathologie derrière ses discours, aucune revanche derrière ses convictions, aucune hystérie derrière ses propositions. Bonnes ou mauvaises, elles sont de l'ordre d'une réflexion et non d'une passion. D'aucuns le lui reprochent, c'est pour vous un gage de stabilité et de confiance.

31 janvier

Vous passez la matinée à préparer votre cours, mais les ouvriers dehors s'activent à la fenêtre de votre bureau, et vous avez du mal à vous concentrer. Vous avez beau lire et relire ce texte de Deleuze qui n'est pourtant pas difficile, au bout de deux heures, il continue de vous échapper.

Vous oubliez aussi vite que vous apprenez. Tout votre cerveau disponible est occupé par l'incroyable énergie de l'amnésie, aussi les choses ne s'impriment-elles plus en vous, ce qui vous pose des problèmes dans votre métier de professeur, fondé sur le savoir. Vous admirez, tout en les jalousant, les puits d'érudition, vous avez l'impression d'être nue, vous redoutez d'oublier vos cours bien préparés, persuadée que, sans vos feuilles, vous n'avez rien à donner, rien à puiser.

Vous vous rappelez soudain ce voyage aux États-Unis que vous avez fait à quinze ans, dans une famille mixte, un Français, une Américaine.

Vous alliez à la fac tous les jours pour prendre des cours d'anglais. Vous étiez perdue. Pourtant, vous aviez décidé qu'il fallait mettre votre séjour à profit, non pas pour vivre, mais pour parler couramment la langue. Aussi vous êtes-vous interdit de lire des livres en français. Vous ne vous accordiez qu'un coup de téléphone à vos parents, à qui vous avouiez que vous n'aviez qu'une envie, rentrer. Mais, dans votre famille, on ne s'arrêtait pas aux caprices. Vous n'alliez pas être rapatriée parce que vous aviez le mal du pays. *C'est en voyageant qu'on apprend, qu'on s'enrichit.* Au lieu de vous enrichir, vous vous êtes vidée. Vous ne parliez à personne, les autres vous faisaient peur, la famille qui vous accueillait se disputait tout le temps quand elle ne regardait pas la télé. Vous vous étiez donné comme défi de ne puiser qu'en votre richesse intérieure, pour voir ce qu'il y avait au fond.

Vous en avez profité pour faire un régime. Tant qu'à faire, autant additionner toutes les choses désagréables. Vous avez perdu du poids en même temps que la joie de vivre. Chaque matin vous vous leviez à l'aube pour vous rendre à l'université à une heure de la maison. Vous aviez froid, puis chaud toute la journée, quand le soleil était levé. Vous vous sentiez moche, stupide, les cours étaient inintéressants. Vous lisiez une biographie de Jim Morrison en anglais, et ce fut votre seule joie. Vous n'écoutiez pas de musique, vous n'aviez rien apporté pour en écouter. Vous tentiez de déchiffrer Steinbeck, ce qui vous a fâché longtemps avec lui. Vous ne progressiez pas dans la langue. Vous ne rêviez plus. Vous vous mettiez entre parenthèses pour que le temps passe plus vite. Et, sans vous en apercevoir, vous êtes tombée dans une dépression profonde. Qui vous a prouvé qu'à l'intérieur il n'y avait rien. Qu'il était dangereux de se retrouver seule avec soi-même : c'était l'appel du vide. Et vous avez plongé.

Au retour plus rien n'était pareil. Vous n'avez jamais retrouvé de familiarité avec le monde, enfin vous avez mis beaucoup de temps. C'était votre adolescence : au moment même où vous auriez dû l'affronter, ce monde, vous l'avez mis à distance, pour un long moment. Votre identité s'effilochait, et ne se reconstruisait nulle part ailleurs que dans la cellule familiale qui gardait de vous la forme enfantine. Vous êtes demeurée chrysalide, le papillon était mort dans son œuf, vous ficeliez ses ailes de l'intérieur. Vous vous êtes amputée, l'idée de vivre était devenue un effort, que vous faisiez, vaille que vaille, en vous admonestant dans la glace : tu dois y aller, tu dois continuer, tu dois parler avec les autres, il y a tant de gens qui n'ont pas ta chance, tant d'enfants seuls, maltraités, handicapés, comment oses-tu ? Habille-toi, pars au lycée, fais ton travail, un jour arrivera bien où tu seras une autre. Tenir. Il fallait tenir. Une obscure volonté vous poussait à faire un pas après l'autre, à traverser ce désert qui pouvait bien ne pas avoir de fin. De cela vous ne parliez pas. Vous ne parliez jamais de vous. Qu'y aurait-il eu à dire ? Lorsqu'on vous a demandé comment s'était passé votre voyage aux États-Unis, vous avez répondu, bien. Vous avez un peu critiqué le pays, et Disneyland où on vous avait emmenée, croyant vous faire plaisir. Vous avez développé quelques valeurs antiaméricaines : « La côte Ouest est vraiment d'une futilité, d'un vide existentiel, tout comme la vie familiale américaine, on mange et on regarde la télé. » C'était votre réponse à la question. Voilà comment ça s'était passé.

Vous auriez été bien en peine de décrire ce qui s'était passé en vous. D'abord, vous en aviez honte. Le secret qui vous avait été révélé, celui de votre vacuité, n'était pas de ceux qu'on partage. De toute façon les secrets, ça ne se partage pas, vous étiez bien placée pour le savoir. L'idée ne vous a jamais traversée qu'un secret n'avait d'intérêt qu'à être partagé, sans quoi celui qui le détenait se transformait en tombe. Vous étiez devenue une tombe. Et vous le dites encore parfois : « Tu peux me le confier, ton secret, je suis une tombe. » Vous devriez savoir qu'il est toujours dangereux qu'on vous confie un secret, comme il est toujours dangereux d'être témoin : vous êtes pris en otage. Vous devriez le savoir parce que vous l'avez toujours su, et que vous hésitiez à mettre les autres dans la confidence précisément pour ne pas les prendre en otages. Vous les protégiez eux, au lieu de vous débarrasser des poids qu'on vous avait attachés à la gorge pour bien rester au fond de l'eau. Vous étiez le contenant et le contenu, le tombeau et le cadavre.

Vous ne vous êtes jamais plainte. Chacun sa vie n'est-ce pas, la vôtre était celle-ci, vous n'y pouviez rien, personne n'y pouvait rien. Mais votre pureté est fausse. Elle est votre rôle, parfaitement intégré. Elle est votre forteresse, il ne sera pas facile d'y renoncer. À force de vous effacer derrière ce personnage, vous l'êtes devenue. Vous avez séquestré ce vous-même qui en a perdu sa vaillance. Les muscles s'atrophient à force de n'être pas exercés, la voix s'éteint, le regard, qui dans l'obscurité est à même de dessiner les contours, ne souffre pas la lumière, les forces s'amenuisent, l'esprit se vide. Il n'y a plus rien à protéger que ce vide et les décorations qu'il met en place pour le meubler. Des décorations qui bientôt font disparaître le vide lui-même. Ce que vous protégez, c'est la petite fille que vous avez tuée, votre trésor, votre secret. Vous êtes sa sépulture. Vous n'oubliez jamais les fleurs : vous êtes un champ fleuri où les insectes butinent, où les oiseaux batifolent, vous sentez bon, mais le terreau dans lequel poussent les roses est putréfaction.

31 janvier, nuit

Ayant retrouvé vos facultés de concentration (les ouvriers sont partis se coucher), vous relisez le texte de Deleuze sur Spinoza, qui aimait observer des combats d'araignées. « C'est que les animaux nous apprennent au moins le caractère irréductiblement extérieur de la mort. Ils ne la portent pas en eux, bien qu'ils se la donnent nécessairement les uns aux autres : la mort comme *mauvaise rencontre* inévitable dans l'ordre des existences naturelles. Mais ils n'ont pas encore inventé cette mort intérieure, ce sadomasochisme universel de l'esclave-tyran. Le reproche que Hegel fera à Spinoza, d'avoir ignoré le négatif de sa puissance, c'est la gloire et l'innocence de Spinoza, sa découverte propre. Dans un monde rongé par le négatif, il a assez confiance dans la vie, dans la puissance de la vie, pour mettre en question la mort, l'appétit meurtrier des hommes, les règles du bien et du mal, du juste et de l'injuste. Assez de confiance dans la vie pour dénoncer tous les fantômes du négatif[1]. »

Vous aimez Spinoza, avez même consacré un DEA à son étude, mais vous n'arrivez décidément pas à sa hauteur de vue, à sa hauteur de Vie.

1. Deleuze, *Spinoza : philosophie pratique*, Éditions de Minuit, 2003.

1er février

Dans le métro qui vous conduit à la fac à l'heure de pointe, impossible de travailler. Vous tentez de déchiffrer la une de *Libé* qu'un de vos voisins, dont le dos se colle à votre ventre, ce qui pour l'heure n'a vraiment rien d'érotique, est parvenu à déployer, conquérant un espace vital de haute lutte : à la faveur d'un virage et d'un léger désemboîtement de corps vous échoit une vision panoramique : Nicolas Sarkozy dédoublé dans un effet de miroir. En buste, droit comme un I, l'air sombre d'un côté, et souriant de l'autre, tête-bêche. Sous-titre : « Travailler moins pour gagner moins » sous la photo de gauche, « Travailler plus pour gagner plus » sous celle de droite. Et pourquoi pas, dans ces cas, ajouter quelques rames sur la ligne 13 ? Charters souterrains de travailleurs, pour qui le plus et le moins sont questions d'aléas, de hasards ou de chances, mais certainement pas de volonté.

Vous levez les yeux du journal pour tomber sur le regard fixe d'une femme – vous vous retournez pour être sûre – c'est bien vous qu'elle observe, sans scrupule apparent. Vous avez beau tenter de vous replonger dans le *Libé*, votre voisin de fortune l'a replié, quelques nouveaux voyageurs vous ayant rejoints à Guy-Môquet. Quand la rame se fait plus clairsemée, vous vous retrouvez sous l'œil inquisiteur – inutile de lever les yeux pour le vérifier – il vous brûle de sa curiosité. Vous avez l'habitude.

C'est vous, c'est bien vous ? Je peux prendre une photo avec vous ? Je vais vous raconter quelque chose : je vous ai vue, enfant, je vous ai croisée avec lui, j'ai appris votre existence, je vous ai reconnue.

Les autres ont cet avantage sur vous qu'ils semblent savoir qui vous êtes.

1er février, soir

Des bénéfices et désagréments de ne pas être connue (reconnue).

Ou plutôt non. Appelons cette rubrique : *Des bénéfices et désagréments de n'être ni connue ni reconnue quand n'être ni connue ni reconnue est un enjeu d'État.*

Ou encore mieux : *Des bénéfices et des désagréments de n'être ni connue ni reconnue quand dans d'autres circonstances, vous devriez normalement être connue et reconnue. Et que c'est précisément cette reconnaissance potentielle qui fait que vous n'êtes ni connue ni reconnue.*

Commençons donc par faire deux colonnes.

Bénéfices : personne ne vous fait chier. Personne ne photographie votre poussette, puis votre anniversaire au parc du Luxembourg. Vos nouvelles couettes ne remplacent pas votre coupe au bol dans les pages look des magazines féminins. On ne vous montre pas du doigt à l'école en pouffant. On ne dessine pas au feutre des moustaches sur la dernière parution qu'on se fait passer sous la table en inscrivant des légendes obscènes. On ne devient pas copine avec vous par curiosité malsaine. On ne vous courtise pas dès l'âge de six ans, de façon soit à vous faire douter pour longtemps de l'authenticité des liens amicaux, soit à vous enfoncer dans une naïveté indécrottable et vous attirer à terme la risée publique. On ne vous attend pas en bas de chez vous avec un téléobjectif. On ne suit pas le vélo de votre mère au cas où vous tomberiez de votre coussin posé à même le porte-bagage. On ne vous enferme pas dans une bulle où les lois ne sont pas les mêmes que celles du vrai monde. Vous ne connaissez pas trop tôt une forme de notoriété dont vous n'êtes en rien responsable mais qui mine peu à peu votre enfance. Vous n'êtes pas cataloguée alors que vous sucez encore votre pouce. Vous n'appartenez pas encore à tout le monde.

Désagréments : malgré tout cela, vous n'êtes pas non plus une petite fille normale que son père accompagne à l'école et qui invite ses amies pour le goûter. Et si votre père avait soudain envie de vous accompagner à l'école (il aime parfois faire des choses contraires aux règles qu'il a lui-même mises en place, parce qu'il n'est tenu par rien, sinon son désir), vous préféreriez qu'il s'abstienne sans bien savoir comment le lui dire, parce que vous avez compris qu'il ne fallait pas être vue avec lui. On ne vous attend pas en bas de chez vous avec des téléobjectifs, mais vous rasez quand même les murs au cas où (ce n'est pas parce que « tout le monde ne savait pas » que personne ne savait, et ce doute suffisait à rendre votre « reconnaissance » potentielle, et à faire de chacun un potentiel traître). Personne ne fait circuler des photos de vous dont on aurait noirci les dents au stylo, mais le silence à votre propos est presque aussi éloquent. Vos amis ne viennent pas à vous pour votre notoriété, mais vous les écartez pourtant de votre noyau d'intimité. Vous les présentez parfois à vos parents, mais vous ne pouvez pas tout leur dire. Vous protégez vos rêves et vos pensées secrètes, à tel point qu'ils disparaissent, vous les protégez même de vous-même. Vous n'avez pas d'image publique, et c'est une bonne chose parce que vous avez six, sept, huit, neuf, dix, onze, douze ans, mais vous n'avez pas non plus d'image à vos propres yeux, vous êtes juste invisible. Vous n'avez rien à raconter même quand votre week-end a été formidable. Vous avez peur – mais il est possible que si vous aviez été *connue/reconnue*, vous auriez éprouvé cette même peur. Au fond, dans les deux cas, vous auriez eu un père célèbre, dans les deux cas, vous commenciez dans la vie avec un problème. Sans doute avez-vous néanmoins eu une enfance tranquille, dont vous n'auriez pas *bénéficié* si tout le monde avait su.

L'un des désagréments de la rubrique tient à l'ambivalence entre *connue* et *reconnue*. On sait bien que ces deux verbes ne sont pas équivalents. Et que pour une bâtarde la question de la reconnaissance n'est pas négligeable. Vous avez été reconnue, à défaut d'être connue, un registre de papier en fait foi. Vous aviez dix ans. Pendant dix ans donc, vous n'étiez ni reconnue, ni par conséquent connue. Et il vaut mieux être reconnue que connue, parce que être connue sans être reconnue est d'une abyssale perversion. À choisir, mieux vaut vivre dans l'anonymat, mais vous portez un prénom accusateur et, potentiellement, un nom qui vous l'interdit. Votre anonymat est donc biaisé : un piège, dans lequel vous évoluez en adoptant les stratégies de l'animal en danger. Vous vous forgez une seconde nature. Dont vous ne vous débarrasserez pas facilement une fois que la donne sera inversée.

Car un jour, vous « devenez » connue (il en est ainsi de la langue française comme des questions identitaires : vous n'avez pas toujours le choix). Depuis ce jour, d'autres problèmes se sont posés. Tout ce à quoi vous avez échappé, étant enfant, vous tombe dessus, mais vous êtes grande, vous avez dix-neuf ans, et eu le temps de connaître les joies de la simplicité. Pour autant, vous n'avez pas été préparée à devenir une cible ni un objet de vindicte ou seulement de curiosité. Votre visage vous échappe, il appartient soudain à des millions de gens qui vous connaissent et vous reconnaissent alors qu'a priori vous avez toujours le même rapport avec eux : ce sont des inconnus. Mais ils obtiennent par une alchimie incompréhensible un droit sur vous. Ainsi on vous alpague, on vous parle, on vous coupe la parole tandis que vous êtes en grande conversation avec un ami, on vous arrête dans la rue, on se retourne sur vous et on chuchote beaucoup. Parfois on vous demande, pour être sûr, « c'est bien vous ? », vous répondez selon l'humeur, « non, ce n'est pas moi », votre nom n'a toujours pas été prononcé, vous avez l'impression de jouer une pièce de Beckett, alors vous ajoutez, pour accroître l'absurde, « on m'a souvent dit que je lui ressemblais ».

Certaines personnes veulent faire des photos avec vous, d'autres vous demandent un autographe, on vous envoie des lettres, et on commence à vous demander des choses, comme de « réagir » à sept heures trente du matin, au lendemain de la mort de votre « belle-mère ». Vous ne renvoyez même pas dans les cordes les journalistes indécents, vous vous excusez de ne pas pouvoir, « c'est trop tôt et ce n'est pas à moi de parler », vous vous justifiez.

Quand vous êtes devant une classe d'élèves nés en 1981, vous tâchez de faire oublier la photo volée du magazine people parue la semaine précédente, parce que, après tout, vous êtes censée leur enseigner la philosophie. Pourtant, heureusement pour vous, certains n'ont jamais entendu parler de votre père, sinon dans les livres d'histoire, et, à cet âge, ils n'ont pas le sens de la chronologie. Plus tard, certains étudiants vous appellent par votre prénom. C'est une marque déposée dont chacun peut faire usage. Vous en éprouvez la violence, mais ne dites rien parce que ça part d'une bonne intention.

Vous oubliez les *bénéfices* : au Maroc, on vous vole votre portefeuille, vous n'avez plus aucun papier d'identité. Vous risquez de rester bloquée des semaines. Or vous êtes censée donner cours à Paris dans deux jours. L'angoisse vous cadenasse. Vous vous présentez au consulat, ne sachant pas comment leur prouver qui vous êtes. Au premier rendez-vous, soulagement, on vous a reconnue, inutile de prouver quoi que ce soit : votre passeport est prêt en quarante-huit heures.

Vous savez que là où vous mettez le pied, on se fait une idée de vous. Qu'elle soit bonne ou mauvaise, vous n'arrivez jamais vierge de préjugés. Vous avez pris l'habitude de devoir vous faire accepter, en faisant profil bas, et le verdict arrive le plus souvent sous la forme « finalement elle est plutôt sympa ». Le plutôt sympa ne vous touche pas, le finalement ne vous étonne plus, vous l'avez même intégré : votre rencontre avec les autres devient lassante à force. Votre objectif est de paraître plutôt sympa, à l'aune du finalement. Vous commencez à vouloir en changer. Mais vous n'êtes pas douée en bras d'honneur (sauf en voiture). Partout où vous arrivez vous vous excusez, vous avez pris l'habitude de conquérir une place qui vous revenait de droit, vous faites tout à l'envers, vous pérennisez le jeu pervers que d'un autre côté vous condamnez. Vous êtes entièrement fautive de paraître finalement plutôt sympa, vous feriez mieux d'être une belle salope.

Tant que vous ne sortirez pas des rubriques susmentionnées, vous serez niquée. Vous pourriez écrire un bréviaire pour les enfants de gens célèbres connus/reconnus/méconnus/abandonnés/relégués/adorés/ignorés, mais cela ne toucherait pas grand monde. Vous pourriez l'élargir aux enfants dont les parents travaillent beaucoup, et dont la notoriété quelle qu'elle soit (le pharmacien du village) devient à un moment ou à un autre gênante. Vous aviez envisagé de parrainer une organisation dûment nommée « sauvons le petit Louis », mais vous n'êtes pas militante dans l'âme.

Votre histoire est aussi singulière qu'elle est banale

de l'intérieur. Votre histoire vous ennuie vous-même alors qu'elle intéresse tout le monde. Quel malentendu. Peut-être l'avez-vous cultivé. Si votre histoire vous intéressait plus, si vous vous la réappropriiez un peu plus, les autres en seraient dépossédés d'autant. Vous pourriez certes faire abstraction des autres, vous vous y êtes exercée dix-neuf ans durant. Mais à les ignorer vous en faites des ennemis, à qui vous paraissez *finalement* sympathique – et vous savez pourquoi vous leur paraissez finalement sympathique : parce que vous êtes finalement terriblement normale.

Jeudi 2 février

Ce matin, lorsque vous avez sonné chez la pédiatre, vous vous êtes annoncée en mangeant les syllabes « mam'selle Pingeot », hésitant sur le « mademoiselle » : vous vous sentez stupide et embarrassée et gourde. Mademoiselle : la petite princesse de la République, ou la bâtarde ? Parfois vous dites : c'est la maman d'A., périphrase qui contourne l'interdit, l'objet de honte – ce prénom, dont vous êtes fière aussi, mais qui vous dénonce. Parfois, quand votre interlocuteur est un inconnu, vous dites : « Marie. » Question pratique. Ça évite le léger silence, ou la question directe : « Vous êtes... ? » Non, vous ne savez pas ce que vous êtes, pourquoi répondriez-vous à cette injonction stupide qui vous somme de vous identifier. Vous avez l'impression qu'on vous demande vos papiers et qu'ils vous trahiront. Vous n'êtes pas une sans-papiers, mais vous avez une sorte de casier judiciaire.

En octobre dernier, à l'aéroport de Beyrouth, le policier qui vérifia votre passeport se trouvait être un grand amateur de politique française. Et de vous citer tous les présidents de la Ve République. Sur les liens familiaux, il était moins précis : « Votre mère, Danielle ? » Vous alliez lui répondre, avant de vous rendre compte que c'était inutile. À quoi bon lui faire la généalogie et alimenter la gazette ?

C'est lorsque vous êtes en compagnie d'autres personnes que le rouge vous monte au front. Il faut encore se faire remarquer. Vos épaules rentrent un peu plus, vous faites une grimace pour dédramatiser. Vous grimacez souvent. Ça vous va de faire le clown, et vous le jouez plutôt bien. Vous ne savez pas écrire la dérision, mais elle vous accompagne, dans la *vraie* vie. Vous n'avez pas non plus le choix. Votre situation, à bien des égards, est comique. Par exemple quand vous choisissez votre premier psychanalyste parce que c'est votre professeur, qu'elle vous connaît déjà un peu – ça brise la glace. Sauf qu'elle habite à Bourg-la-Reine et fume comme un pompier pendant les séances. C'est votre façon de payer. Vous n'avez pas encore été « révélée » (il vaut toujours mieux avoir une révélation qu'être une révélation), aussi ne lui avez-vous jamais parlé ni de votre père, ni de votre mère, ni de votre situation, ni de votre enfance (et pourtant vous lui avez tenu la jambe des heures durant, mais QU'EST-CE QUE VOUS AVEZ BIEN PU LUI RACONTER ???). Encore une fois, vous étiez cet agent double qui, dans cet épisode, fait une analyse sous l'une de ses personnalités d'emprunt.

Toute votre enfance, vous vous êtes déplacée en emportant votre monde. Ce qui vous protégeait de l'éventuelle rencontre avec celui des autres. Mettiez-vous des milliers de kilomètres entre vous et vos parents, voire des océans, que vous demeuriez la petite fille qui ne doit pas dire, qui ne se confronte pas, qui ne parle pas aux autres, parce qu'elle n'est pas comme eux. Par exemple, vous auriez pu envisager qu'aux États-Unis personne n'était susceptible ni de vous reconnaître, ni même de connaître votre père – il n'était que président de la France, une bourgade perdue de l'autre côté de la mer. Mais il se trouve que le père de votre famille d'accueil était français. Vous n'avez jamais osé demander s'il savait. Tant qu'on ne sait pas, on ne ment pas. Comment vérifier sans se trahir si quelqu'un sait ou non ce que vous devez cacher ? Après avoir envisagé différentes options, vous avez adopté le mode du silence. Il ne sait pas qui vous êtes, ou peut-être le sait-il, mais dans le doute, vous-même évitez les sujets qui pourraient vous ramener aux questions d'identité, d'autant que cet homme plus blanc que blanc était marié à une femme plus noire que noire, et que ça avait l'air de poser des problèmes autour d'eux (notamment aux deux filles qu'il avait eues d'un premier mariage blond). Vous ne demandiez rien, ayant saisi cette règle (que trop d'exceptions ne confirment pas) : quand vous ne manifestez aucune curiosité envers quelqu'un, il ne vous demande rien en retour. Vous êtes intéressant quand vous vous intéressez. Raison pour laquelle vous atteigniez un degré encore inégalé d'insignifiance (y compris à vos propres yeux) et que vous aviez fini ce séjour enfermée dans votre chambre. Alors que. Alors que vous auriez pu découvrir le monde, aller à la rencontre de l'expérience limite, mettre votre corps dans tous ses états, fumer des joints et rouler des pelles, vous baigner nue avec des inconnus sur des plages plus inconnues encore, impossibles à localiser sur une carte, le GPS n'existant pas, manger des champignons magiques, ou fuguer au Mexique. Vous aviez quinze ans. Tout cela aurait relevé d'une parfaite normalité. Eh bien non. Vous êtes restée mutique observant les autres en vous convainquant de leur idiotie congénitale et de leur diablerie génitale, vous en détournant parce qu'ils vous faisaient peur : ils étaient toutes ces possibilités-là. Ces possibilités-là n'entraient pas dans le monde dont vous étiez la gardienne. Phare nomade qui partout n'illumine que ses terres et en rejette ce qui risquerait de les corrompre ou de les faire fructifier.

Votre lumière était noire. Vous étiez éclairée de l'intérieur par un amour trop grand, qui fut votre seul point d'ancrage. Au-delà, il ne fallait pas se risquer. Vous avez poussé en serre : certaines fleurs ne s'adaptent pas aux rayons crus du soleil. Vous avez été brûlée par la source trop proche d'incandescence, et vous vous êtes consumée.

Vous avez grandi dans un appartement fermé à double tour, vous avez été le témoin privilégié de l'intimité d'un homme qui ne cesse d'intriguer. Ça vous fait rire quand on vous demande de raconter. Ce n'est pas que vous ne voulez pas, c'est que vous ne pouvez pas. L'autocensure est un sport que vous pratiquez à haut niveau. « L'histoire n'est pas le lieu de la félicité. Les périodes de bonheur y sont ses pages blanches[1]. » C'est Hegel qui écrit ça. Et c'est vrai, le bonheur est ennemi de la littérature. Mais certaines pages sont blanches sans que le bonheur y soit pour quelque chose.

Il y a des choses qui vous font moins rire : ce mail collectif, envoyé à tout le monde sauf à vous, qui serez mise au courant une semaine plus tard, pour dénoncer votre entrée à l'université. Suivi d'un mot à votre attention, « au plaisir de vous lire dans *Elle* ». Pour ceux qui y sont abonnés, il faut préciser que c'est censé être une humiliation. Et de lui répondre, pardon, je suis désolée, si ma présence au sein de cette faculté ne vous agrée pas, je peux partir. Sans ironie aucune. Après tout vous n'y tenez pas tant que ça. Vous avez appris à ne pas tenir aux choses. Et encore moins à votre carrière. Elle est jalonnée de ce genre d'accueils. On appelle ça un bizutage. Vous faites le dos rond. En général, on finit par vous accepter. Vous êtes *si charmante*. L'envoyer se faire foutre ne vous a pas traversé l'esprit. Vous avez fini par vous persuader que vous vous en fichiez. Et vous avez réussi à ne pas vous en faire. Vous avancez, vaille que vaille, persuadée de faire votre petit chemin, et d'aller dans la direction que vous avez voulue. Pour la volonté, vous n'êtes pas en reste. C'est

1. Friedrich Hegel, in *La Raison dans l'histoire*, Pocket, 2012.

même elle qui a conduit votre vie. Accessoirement, elle vous a fait oublier ce que vous désiriez être. Il suffit d'*être la meilleure*.

Mais vous avez choisi des voies où c'est impossible. Et ce n'est pas d'être la meilleure qui vous permettra d'annoncer votre nom, prénom, filiation, à la vendeuse en ligne de SFR. Pourtant au téléphone, vous pourriez mentir. Même ça, vous ne l'osez pas. Alors où se trouve votre courage ? Quand apprendrez-vous à dire Je ? Regardez en boucle les discours de Sarkozy, et adoptez la méthode Coué. « Moi je. » C'est en se répétant « moi je » qu'on devient quelqu'un. Mauvaise idée. Il n'est pas assez quelqu'un pour que vous décidiez de l'imiter. À sa place, c'est sûr, vous auriez scié vos talonnettes et fui les vingt heures de TF1. Heureusement, vous n'êtes pas à sa place. La vôtre n'est pas forcément enviable. Et sans doute n'aimerait-il pas les échanger. Mais enfin, vous n'êtes pas mécontente, à choisir, de rester là où vous êtes, avec un visage sans tic et un français sans fautes. Il vous est arrivé de déjeuner au Fouquet's, invitée dans un cadre professionnel, mais vous avez rasé les murs. Et même si vous êtes née dans la même ville qu'elle, jamais, au grand jamais, même à trois ans, même à six ans, même à douze ans, vous n'avez pu encadrer Mireille Mathieu. Cela dit, vous avez bien ri quand Enrico Macias a chanté « Ah qu'elles sont jolies les filles de Sarkozy », alors que ce n'était même pas ses filles, et que sa femme avait dû ingurgiter deux Lexomil pour monter sur l'estrade. Quant à leur père, il venait de mourir quelques mois plus tôt. Oui, vous étiez au carnaval. Et si quelqu'un avait chanté devant vous et votre père « Ah qu'elle est jolie la fille de Mitterrand », vous l'auriez étranglé avec votre ceinture, ou mis du poison dans son énième verre de whisky, sans être tout à fait sûre qu'il ne s'agisse pas de celui de Johnny. Vous auriez fait d'une pierre deux coups. Et la chanson française vous en aurait été reconnaissante.

Vous n'êtes pas tout à fait juste : vous adorez son tube « Oh ! Marie, si tu savais », même que vous la chantez en boucle avec vos enfants, et que l'une d'entre eux se prénomme Marie (pas pour ça). (Au fait, pourquoi alors ? vous seriez bien en peine de répondre, alors que Marie est votre deuxième prénom, et que surtout, surtout, vous l'avez utilisé à de nombreuses reprises, et vous continuez, pour vous cacher. Un jour il faudra bien lui dire à votre fille. Mais lui dire quoi ? Ce n'est pas non plus pour ça qu'elle s'appelle Marie. Vous n'êtes pas cette mère psychopathe qui donne à sa fille son nom de guerre, son pseudonyme, sa fausse identité. Vous ne l'êtes pas, si ?)

Ça y est, vous avez réussi à *nommer*. Mais le prénom de vos enfants, c'est vous qui l'avez choisi. Ce qui ne garantit pas leur élégance, vous en convenez. Au moins éprouvez-vous une forme d'appartenance. Vous faites partie de la même famille, et ça vous pouvez le hurler sans que ça dérange personne. Ils sont *mes* enfants, regardez-les comme ils sont beaux (c'est vrai qu'ils sont magnifiques), et *moi je suis* leur mère, il y a même des photos de *moi* enceinte dans des journaux à grande diffusion (certes ce sont des photos volées, vous n'allez pas féliciter non plus ces salopards de paparazzi que vous ne laisserez jamais photographier vos enfants) : leur existence a été reconnue de tous à travers vos trente kilos supplémentaires – ça tombait pile poil pendant une promo. Êtes-vous vraiment ravie qu'on garde de vous cette image d'obèse ? Oui, bien sûr, c'était ça que vous vouliez montrer, que vous étiez grosse, que vous étiez pleine, que vous n'aviez honte de rien, ni de votre corps ni de votre enfant : il avait même le droit de vous rendre laide. À ce moment vous avez oublié d'être la meilleure. Et c'était bon.

15 février

Ce matin, vous entendez à la radio Alexandre Adler dire que FM n'était pas cultivé. Vous avez envie de le tuer. Le grand jeu politique et ses coups bas n'ont rien de ludique pour vous. Vous savez aussi que, dans l'arène politique, on y meurt. Vous ne comprenez pas cette attirance diabolique pour le pouvoir. Cette énergie qu'il faut pour s'exposer. Vous avez été une jeune adulte exposée comme ces enfants qu'on laissait au pied d'un arbre, parce qu'ils étaient malades, ou qu'ils étaient frappés de malédiction. Œdipe Roi a été sauvé de justesse. Sa vie a prouvé qu'on n'effaçait pas les marques qui vous condamnent dès l'enfance. Il aurait mieux fait d'y mourir, dévoré par les vautours. La vie d'Œdipe valait-elle d'être vécue ? Vous auriez voulu lui demander. Y a-t-il eu un instant pour racheter cette constellation de malheurs ? Ou bien n'est-il né que pour concentrer la haine des hommes, leurs fantasmes, et se faire chasser du royaume après avoir commis le double crime de l'inceste et du parricide ? Roi et bâtard, puissant et criminel malgré lui, il ne pouvait que s'arracher les yeux. Figure tutélaire du bouc émissaire, il a soudé la collectivité par le rejet dont il fut la victime. Au moins a-t-il servi à quelque chose.

À certains égards vous lui ressemblez.

17 février, soir

Vous lisez le dernier livre de Pennac, une autobiographie du corps[1]. Vous vous rendez compte que vous seriez sans doute incapable d'écrire un tel livre.

Vous n'avez jamais écouté votre corps. Il aurait pu mettre en danger l'édifice mis en place. Un corps ne se protège pas, il doit exulter, se cogner, souffrir et jouir, se montrer. Vous avez très tôt rentré les épaules.

« Tu trouves que je suis grosse ? » C'était la deuxième question récurrente, après « Qu'est-ce que tu préfères ? » Un gimmick. Une façon de se ritualiser. Et alors ? Et même si vous aviez été grosse ? Était-ce la peur de ne pas plaire aux garçons ? Pour ce que vous déployiez comme séduction, vous auriez pu être obèse, ça n'aurait rien changé. Était-ce pour vous-même ? pour vous regarder dans la glace, avec les yeux d'un autre,

1. Daniel Pennac, *Journal d'un corps*, Gallimard, 2012.

pour vous accepter dans vos propres rêves ? Ou pour vos copines, on se veut belle d'abord pour ses copines, ou contre elles, seules elles sauront vous jauger, les garçons à cet âge s'en fichent qu'on soit un peu plus grosse ou un peu plus maigre que ce qu'on voudrait, ce qu'ils regardent, c'est l'allure, c'est le culot, c'est l'envie. C'est les seins, aussi. Vous étiez dépourvue de tout ça (à part la poitrine, mais une poitrine sans culot est totalement inutile). Vous auriez été triste d'être vraiment moche, ça aurait fait de la peine à vos parents.

Votre corps, vous l'avez abîmé, tenu à distance, maîtrisé, ignoré, puis peu à peu apprivoisé. Vous tenez à ce qu'il ne déborde pas. À ce qu'il ne vous déborde pas. Vous le nourrissez en doses mesurées de plaisir. Vous aimez manger et boire. Et flirtez avec l'excès, sans jamais vous y adonner totalement. Mais aucune limite quand vous tenez vos enfants entre vos bras : vous les embrassez, insatiables, vous avez entendu dire que Dolto le réprouvait, vous n'êtes pas allée jusqu'à vérifier le texte, mais vous vous en fichez. Il n'y a pas de plaisir plus doux que de serrer contre soi ces petits corps, respirer leur odeur, leur haleine, leurs cheveux, comme le font les femelles, pour la toilette de leurs petits. À ce moment, oui, vous êtes animale.

Vos accouchements ont été entièrement médicalisés : césariennes, bloc opératoire, bas du corps anesthésié. La douleur des contractions avant la paix de la péridurale, les aiguilles, les mots des médecins qui ne s'occupent que d'une partie de votre corps réduite à un carré de chair, et à des couches sédimentées de peaux, muscles, nerfs. Et puis de ce carré de chair sont sortis, tour à tour, trois enfants. Dès que vous avez touché chacun d'eux, qu'on l'a posé sur votre épaule, encore sensible, elle, quelque chose s'est libéré en vous, quelque chose de sauvage.

Mais la sensation que vous aimez par-dessus tout, à l'hôpital, est inverse : c'est l'anesthésie générale. Le doux endormissement, la lutte de la conscience pour demeurer éveillée, et son lâcher-prise délicieux, l'évanouissement, la plongée dans un rêve délicat, car vous rêvez. Cela vous est arrivé plusieurs fois. Vous rêvez. Vous aimez les picotements qui annoncent le petit coma, la brûlure qui pénètre vos veines, la certitude d'être entre de bonnes mains et de pouvoir s'y abandonner. Aussi n'éprouvez-vous pas d'angoisse à cette répétition mortifère, la drogue, le sommeil – enfin le sommeil –, et la difficulté, après, à s'en extraire ; ces heures où l'élocution est hésitante et le désir de se réveiller tout autant, ces heures d'entre-deux où vous êtes en sécurité dans une salle de réveil qui vous immunise contre le monde. Ce sont des jours de paix.

22 février

Les fils de vos cousins qui passent leurs vacances avec vos enfants et votre mère vous découvrent par hasard à la télévision, dans un documentaire sur votre père. À moitié endormis, ils se relèvent soudain : « Mais c'est elle ! Qu'est-ce qu'elle fait là ? » Ils apprennent ainsi à l'âge de dix ans, que le père de leur « tante » est l'ancien président de la République. Vous êtes très proche de vos cousins, vous avez passé toutes vos vacances avec eux, vos enfants continuent avec les leurs, c'est votre famille, votre identité, vos racines. Et pourtant. Ils n'ont jamais dit à leurs propres enfants qui vous étiez. Le secret dure encore. Ou la honte ?

Qu'est-ce que ça vous fait qu'on vous cache encore ? Pas exactement « vous », puisque vous partagez les fêtes de famille. Mais cet autre aspect de vous qu'on n'a jamais reconnu, qu'on a tu, qui dérangeait. Si certains ne vous voient que par votre filiation, d'autres ne vous considèrent qu'en dehors. Le sentiment que vous éprouvez est mélangé, incertain, un peu de honte, un peu de colère, un peu de gêne, un peu de tristesse, et vous en êtes venue à conclure qu'il s'agissait essentiellement d'humiliation.

L'humiliation : une petite fille, fière de son père et de sa victoire, crie dans la cours de récréation : « Mon père, c'est... » Elle est la plus forte du monde, la mieux protégée, son père c'est le plus fort, elle rayonne. Son clairon attire l'oreille des professeurs, gênés. Conciliabules, convocation. La mère est prise à partie. On chuchote derrière son dos. Le soir, sa mère lui fait comprendre, le plus gentiment possible parce qu'elle se trouve elle-même dans un piège, de ne plus dire, de ne plus raconter et, peut-être même, de ne plus se vanter. La petite fille restera désormais muette. Elle se méfiera de tout enthousiasme, de la fierté en général, de l'exhibition. On lui a appris d'une pierre deux coups à ne pas se revendiquer de son père et à ne pas se mettre en avant.

Plus tard, les autres la rattacheront à ce père dont on lui avait fait comprendre qu'elle ne devait pas manifester le lien qui la reliait à elle. Elle sera « la fille de ». Ces paradoxes la dépassent. Elle n'en aura jamais fini de les démêler.

Rectificatif : cette histoire de l'institutrice qui convoque la mère pour lui dire que sa fille se répand partout (se répandre, s'exhiber, dégueuler, des synonymes), et qu'il faudrait qu'elle arrête de dire, c'est ennuyeux (savait-elle la maîtresse ? Prenait-elle cette enfant pour une mythomane ?), vous le tenez de l'ancienne directrice de votre école qui un jour vous rencontre et vous raconte son souvenir à elle : « Il valait mieux que je me taise. » Elle voulait vous protéger, ou protéger un secret dans la confidence duquel on l'aurait mise – honneur ! Mais ce n'est pas vrai. Cette maîtresse donc convoque la mère, qui a cette réponse magnifique : « Ma fille ne ment jamais. »

Fin de la discussion. La mère défend sa fille. Jusque dans cette vérité qu'il ne faut pas dire, mais si elle l'a dite, c'est qu'elle ne ment pas. Cercle logique. La petite fille ne le saura que plus tard. Pourtant, cette confiance, cette assurance, ce choix de la vérité plutôt que de l'humiliation à cet instant là, enchaîneront la petite fille à la vérité. Dès lors, elle ne mentira plus jamais (l'a-t-elle d'ailleurs déjà fait ?). Elle se taira donc.

C'est à ce moment-là que les rôles ont commencé à

s'inverser. Il était décidé que votre père ne pouvait pas vous protéger. C'est vous qui le protégiez.

Et vous continuez.

Oui, vous vous étiez mis en tête de protéger votre père. Il était attaqué : comment le défendre sans dire qu'il était votre père ? Vous n'avez pas compris alors que c'était *de vous* qu'il fallait le protéger, puisque c'était vous, le danger. Le secret était sa faiblesse. Vous étiez faiblesse, au double sens du terme, en même temps que sa fille chérie. Vous vous êtes donné pour mission d'éliminer toute fragilité, toute brèche dans le système. Vous vous êtes chargée de vous éliminer vous-même.

Bon petit soldat.

Et vous continuez.

Mais vous êtes rattrapée par votre pire cauchemar : le flot des mots qui, lui, ouvre la brèche. L'écriture ennemie. L'écriture qui reprend ses droits. Et vous rendra les vôtres. Peut-être.

23 février

Rome. Vous vous envolez avec Mohammed pour trois jours. Vos enfants sont chez votre tante avec votre mère, dans la maison où vous-même avez passé tous les étés, près de Clermont-Ferrand. Vous les savez entre de bonnes mains. Les fois sont rares où vous vous retrouvez seuls. Aussi décidez-vous à la dernière minute de faire un petit pèlerinage en Italie.

Vous retrouvez la villa Médicis telle que vous l'avez

laissée. Onze ans ont passé, depuis votre rencontre, au même endroit. Il fait nuit, vous montez le grand escalier que vous aviez monté tant de fois lorsque votre mère y séjournait pour son exposition sur la saison italienne, et que vous l'aviez accompagnée, après un chagrin d'amour. Vous n'aviez pas alors d'enfant, vous ne saviez pas encore que vous alliez y rencontrer leur père, pensionnaire dans l'un des ateliers sous les pins et protégé par les buis qui font une ombre noire. C'était Noël, vous étiez seule et sans projet. Des amis à vous passaient leurs vacances à Rome. Le problème, après la mort d'un père, ce sont les fêtes familiales, et Noël particulièrement qui concentre le plus de souvenirs. Aussi avez-vous toujours passé ces moments en compagnie de votre mère et en général d'amis, pour éviter un tête-à-tête trop sinistre. Des vacances à Rome, des amis, Noël avec votre mère, c'était parfait.

Vous avez commencé par rater votre avion, sans pouvoir la prévenir : vous aviez déjà un téléphone portable, elle non, trouvant le fixe suffisamment encombrant, et n'ayant jamais compris pourquoi on se téléphonait. Vous avez ainsi pu lui administrer la preuve de l'intérêt tout au moins pragmatique de ces objets du diable. Elle vous attendait donc, relativement inquiète, même si d'une cabine téléphonique au cœur de l'aéroport (il en restait quelques-unes), elle avait réussi à joindre quelqu'un, qui lui avait passé quelqu'un, qui lui avait transmis le message que vous aviez vous-même laissé. Finalement vous êtes arrivée avec quelques heures de retard à Fumiciano. Ensemble, vous avez pris le métro pour rejoindre la villa Médicis que vous avez alors découverte. Avant, on y était invité lorsqu'on présentait une exposition, un travail, quelque chose en lien avec l'art, la culture et le rayonnement français. Aujourd'hui, on peut y louer des chambres. Avant, les anciens pensionnaires avaient un droit de visite. Aujourd'hui, c'est devenu une sorte d'hôtel. Entre les deux époques, Frédéric Mitterrand dirigea l'institut.

Vous retrouvez le décor à l'identique : pins parasols se découpant dans un ciel sombre, lumières basses qui éclairent à peine les marches patinées par le temps, le bruit de la fontaine, Rome à vos pieds.

La fenêtre de votre chambre s'ouvre sur les jardins. La pérennité des lieux vous renvoie à tous ceux qui en furent un jour, comme vous, les témoins rêveurs. Votre père a-t-il lui aussi regardé par cette fenêtre ? Sans aucun doute – comment aurait-il pu échapper à cette institution ? Mais comment en être sûre ? À qui demander ?

En admettant qu'il soit venu. Ce qu'il aurait vu n'aurait guère changé de ce qui se présente à vos yeux aujourd'hui. Vous venez de découvrir un nouveau paysage commun.

Pour autant, cela le fait-il revenir ?

« Je crois aux forces de l'esprit. » Pouvez-vous vous inviter dans la conscience qu'il eut jadis de ces jardins, de cette lumière ? Voir avec ses yeux ?

L'absence parfois revient en pointes de douleur.

Dans la mémoire de votre père, il y a la mémoire de vous enfant : des poupées russes. Et vous êtes tentée de pleurer sur ce petit cadavre. Vous voyez passer des enfants dans la rue, et vous ne pouvez arrêter la montée de chagrin. Comme une montée de sève.

Quand vous aviez leur âge vous les redoutiez. Vous les chargiez d'une puissance pleine de maléfices à votre encontre. Adolescente, vous les jalousiez : ils ignoraient dans leur innocence, la difficulté de vivre, de marcher, de respirer même, ils faisaient ça sans y penser, et vous leur en vouliez. Aujourd'hui, ils vous paraissent chétifs, désarmés, malheureux. Pourtant l'enfance est forte, l'enfance est vie.

C'est que vous écoutez les fantômes, vous plongez dans votre réservoir de peine, où pêle-mêle s'entassent vos humiliations et vos terreurs. Tant qu'elles pourriront au fond de vous, vous ne rendrez pas grâce à cet âge où l'on joue encore. Vous devez apprendre à jouer, et tendre la main à cette petite fille muselée qui continue d'étouffer. Vous avez pris la suite des autres, vous aussi vous lui imposez silence, vous aussi vous la bâillonnez. Or elle ne vous lâchera pas.

Vous êtes en train de perdre pied. Mais ne faut-il pas mourir pour renaître ? C'est cette obstination à ne pas mourir qui, toujours, vous a empêchée de vivre. Quand votre premier bébé est mort dans votre ventre, il a permis aux autres de naître. Votre corps s'est chargé de s'endeuiller à votre place. Pour redonner ses armes à la vie.

Non. Rome est à vous. Et à vous seule. À votre histoire, celle qui commence plus tard, avec un autre homme, un autre amour. Rome est une parenthèse, une échappée où se ressourcer, où éloigner les fantômes et les petits cadavres.

Mais il faut déjà rentrer. Et se remettre au travail.

29 février

Vous apprenez lors d'un déjeuner avec l'un des meilleurs amis de votre père, un oncle symbolique pour vous, comment il a appris votre existence. À vrai dire, vous l'avez interrogé, commençant malgré vous une enquête : il se trouve que cet ami connaissait aussi votre grand-père qui le rencontre à Hossegor et lui propose de venir s'attabler à la maison puisque *François* est là. Mais *François* ne lui a pas encore appris qu'il avait une fille. Elle a pourtant six ans. Il le sait. Comme tout le monde. Ce que *François* ignore. Ce que vous ignorez aussi. Tant qu'on ne dit pas, on ne sait pas. Protection du silence, abîme du fantasme. À la maison, c'est la cellule de crise. Votre père cherche à annuler ce déjeuner imprévu. Mais votre mère résiste : il n'en est pas question. Cette fois, elle revendique quelque chose, pour elle et pour son enfant. Il doit dire, il doit présenter, il doit faire entrer leur ami dans leur secret. Elle l'emporte dans son entêtement et sa juste colère. Qu'en était-il du grand-père ? Vous ne le savez pas. (Vous notez qu'il faudra le demander à votre mère.) Lorsque A., l'ami en question arrive dans le jardin, il trouve votre père, qui fait les cent pas, les mains croisées derrière le dos. Comment allez-vous ? Mise en bouche et propos échangés pour inscrire une forme de normalité. Puis il se lance, piégé : « Vous devez savoir que j'ai une fille. Et d'ailleurs, je vais vous la présenter. » Il ouvre la porte de la chambre où vous jouez avec vos cousins. A. lui répond : « Ce n'est pas une fille, c'est une nursery. » Votre père rit jaune. Mais enfin c'est dit, et formulé explicitement, j'ai une fille. Comme si de rien n'était, comme si cela était la chose la plus naturelle du monde, qu'il ait une fille et que ce grand ami n'en ait rien su, alors qu'elle est née il y a six ans de cela. N'en ait rien su ou ait simulé n'en rien savoir. C'est la même chose, l'embarras est identique. Une fois entré dans la confidence, A. fait partie du clan, de ce clan qui de ce fait l'exclut de l'autre, la famille officielle, les dîners partagés sous le toit légitime. Certains, la plupart, ont fait la navette entre les deux familles, mais il y avait toujours une préférence, un choix d'appartenance. A. est devenu l'exécuteur testamentaire de votre père, parce qu'il vous a rencontrée, à la faveur d'un piège innocent, dressé par votre grand-père, et par l'obstination de votre mère.

Votre père faisant les cent pas : quelque chose le dérange. En écrivant cette scène, vous ressentez son embarras. Vous êtes même embarrassée pour lui. S'il vous en avait parlé, vous lui auriez dit : « T'as qu'à mentir, je peux faire comme si je n'étais pas ta fille. » Et vous auriez pris son parti contre votre mère, comme d'habitude. Ou plutôt son parti contre vous. Car le choix était simple : c'était lui, ou vous. Lequel des deux voulez-vous sauver ? Votre premier réflexe est de répondre, lui, bien sûr. La petite fille dans la chambre ne vous préoccupe guère, elle vous a fait suffisamment honte comme ça. Essayez maintenant de regarder la scène de l'extérieur. Vous êtes au cinéma. À l'écran, un père ne sait pas comment faire pour dire qu'il a une fille à l'un de ses meilleurs amis. À qui vous identifiez-vous ? D'instinct, vous êtes du côté du père. Mais aujourd'hui vous êtes aussi une personne raisonnable : cette petite fille-là, pourquoi personne ne la revendique-t-il ? Et qui protège ce père en faisant les cent pas ? « Elle », croyiez-vous auparavant. « Lui », dit la spectatrice.

Quand vous commencez, avec une ironie légère, à interroger le statut de cette petite fille auprès de l'entourage de votre père, amis et collaborateurs, ils ont une réponse commune, sans même s'être donné le mot : « Mais tu ne te rends pas compte, il t'aimait tellement ! » « Toi, c'est différent, il avait une passion pour toi » – ou même : « Tu étais tout pour lui », prenant le tout pour la partie, au mépris des lois géométriques (au même titre qu'on confond l'iceberg et sa partie émergée, parce qu'elle resplendit dans la lumière du Grand Nord : vous êtes les quatre-vingt-dix pour cent restants, ceux du fond, ceux de l'obscur, ceux qui soutiennent, mais ceux qui resteront immergés).

« Il t'aimait tellement. » De quel droit attaquez-vous ? C'était lui, ou vous. Vous n'attaquez pas. Vous avez fait votre choix. Et depuis la petite fille trimballe sa honte de n'avoir pu être défendue et d'avoir contraint son père à faire les cent pas.

Elle profite de l'occasion pour demander à A. : pourquoi son père n'a-t-il pas divorcé ? Il lui répond du tac au tac : son éducation chez les pères. Il était fait de ça, aussi. Cette enfance au pensionnat et ces préceptes inculqués, dans la famille et au collège. Il ne s'en est pas libéré. L'enfance habite les hommes par différentes voies, elle s'est déposée de cette façon, l'empêchant de choisir. Certaines fidélités sont aliénantes. Et votre père était quelqu'un de fidèle.

A. vous raconte aussi comment lui et G. D. s'amusaient de voir régulièrement, sur la plage arrière de la voiture de leur ami commun François des poupées et des jouets. Pourtant personne ne lui demandait ni de compte ni d'explication.

Un jour pourtant, A. lui demanda comment il supportait d'héberger l'amant de sa femme, installé à demeure. Il lui répondit : « On ne peut pas demander à une femme ce qu'on ne lui donne pas. » Le couple qu'il formait avec sa femme reposait donc sur une loi de réciprocité. Mais pas celui qui l'unissait à votre mère. C'était pourtant ce couple qui était réel, sans être apparent. C'était bien elle qu'il retrouvait chaque soir, dans le secret de son appartement. Alors quand vous entendez Bertrand Delanoë vous annoncer le projet de baptiser le square de la rue de Bièvre : « square Danielle et François Mitterrand », vous éprouvez une pointe d'amertume : le mensonge va donc se perpétuer, et l'esprit petit-bourgeois l'emporter sur la vérité de ces couples. Vous avez honte. Les convenances, toujours, finissent par gagner.

1er mars

Ce matin, interview de « Dodo la Saumure » sur France Info. Nouvelle page dans la « saga » DSK, en pleine campagne. À point nommé.

Certes, vous l'avez vous aussi suivie avec intérêt, cette saga. Vous n'en reveniez pas, tant le scénario était écrit à la perfection. Vous avez d'ailleurs écrit un roman sur le tête-à-tête entre lui et sa femme dans leur prison de Tribeca de six cents mètres carrés. Vous brûliez de curiosité de savoir ce qu'ils ont pu se dire. Bien sûr, vous ne le publierez pas. Ça ne se fait pas. Et puis il fait quand même partie du camp des socialistes. À dire vrai, il vous est devenu sympathique le jour où vous l'avez vu menotté, le visage mal rasé. Il vous a semblé magnifique dans cet instant de vérité, où il n'était plus rien qu'un gars accusé d'avoir violé une fille, et qui peut faire l'impasse sur sa carrière à venir, lui qui était au sommet, mais qui semblait trouver ça louche (il faut dire que vous avez toujours aimé les monstres, et les suicidaires raffinés). Cette image qui est passée en boucle, on n'en aura jamais la version intime. Vous en êtes frustrée. Vous savez par expérience que les images sont à des années-lumière de ce qui se passe à l'intérieur. C'est pourtant à ce moment précis qu'il aurait eu quelque chose d'intéressant à dire. Alors vous l'imaginez. C'est bien à ça que servent les romanciers.

2 mars

Vous êtes assise dans un train dessiné par Christian Lacroix. Ce sont les seuls qui ont une prise électrique en seconde. Vous en profitez pour ouvrir votre ordinateur, de la même manière que vous fumez toujours à l'étranger (c'est-à-dire au Maroc ou dans les pays arabes en général) dans les lieux publics parce que c'est légal. Ce qui donne à vos clopes un goût paradoxal de transgression. Là, vous n'avez rien à écrire, mais enfin vous avez le courant. Il ne faut pas gâcher. Manque de bol, vous êtes dans un carré, pour une fois que vous voyagez seule ! Et en plus dans le sens contraire de la marche. Vous avez oublié ce que c'est que de passer plusieurs heures dans un TGV sans enfants, c'est-à-dire sans toutes les cinq secondes devoir répondre à une question, chercher des feutres dans votre sac mais vous les avez oubliés, leur montrer le premier quart de *Blanche-Neige* parce que dans les trains que vous prenez habituellement et qui ne sont pas dessinés par Christian Lacroix, il n'y a pas de prise pour recharger la batterie ; et surtout, surtout, sans interrompre la demi-page que vous avez réussi à lire en une demi-heure pour vous rendre dans les immondes toilettes et répéter à votre fille en prenant votre voix la plus autoritaire : « Surtout tu ne touches à rien, tu mets des semelles sur la lunette, je te tiens » quand le train fait un soubresaut et vous manquez tomber avec elle dans les flaques de pisse qui inondent le sol. Sans compter que les deux autres sont seuls, en attendant, que vous avez chargé votre fils de six ans de s'occuper de sa sœur qui n'en a pas deux, et qu'au bout de deux secondes et quart il tape à la porte pour vous prévenir de quelque chose qui pourrait bien en effet se passer puisque la petite est restée seule au fond du wagon. Bref, voyager en solitaire est un luxe. Mais vous avez trois voisins. Dont l'un passe la tête par-dessus votre épaule pour lire ce que vous écrivez. Vous avez bien tourné de trois quarts ostensiblement votre ordinateur, cela aiguise encore plus sa curiosité. De toute façon, c'est un freak, vous l'avez repéré au premier coup d'œil, et quand il va lire ces mots, peut-être tournera-t-il enfin la tête de l'autre côté. Tout freak qu'il est, vous n'avez pas osé lui demander de se lever pour la troisième fois afin de ranger votre sac dont vous avez sorti vos nombreuses affaires. Aussi vous retrouvez-vous avec quatre tonnes sur les genoux dans un espace de vingt centimètres carrés. Bref, même sans enfants, votre trajet ne sera pas de tout repos.

Vous éprouvez néanmoins toujours un bonheur fou à vous déplacer en train : on peut y lire (les propos précédents le démentent, rajoutons donc potentiellement), y travailler (même remarque), et regarder par la fenêtre sans avoir mal au cœur. Toute votre enfance, vous vous êtes déplacée en voiture (dans la deux-chevaux de votre grand-mère, la CX de votre grand-père qui puait le tabac froid et de toute façon toutes les Citroën donnent envie de vomir), dans les voitures blindées de votre père, avec parfois, cerise sur le gâteau, un gyrophare affreusement bruyant qui faisait du retour de Souzy une course-rallye sans concurrent (interdiction de vomir, on n'a jamais vu un copilote des Vingt-Quatre Heures du Mans s'arrêter sur le bord de la route). Là, on vous faisait réciter les rois de France, Hugues Capet, Robert le Pieux, la dynastie des Capétiens s'arrête là, mais le chauffeur sans doute s'en souvient mieux que vous. Ainsi votre père a-t-il converti des générations à l'histoire, alors que rien n'y prédisposait ces policiers et gendarmes. Quant à vous, visiblement ce n'était pas votre vocation. Parfois vous montiez dans l'avion présidentiel, accompagnant votre père à l'étranger. Bref, vous n'avez pas connu les gares ni les aéroports, les files d'attente et les retards. Aussi étrange que cela puisse paraître, cela vous a manqué. Vous comprendriez parfaitement que la réciproque soit vraie : ceux qui se traînent dans les salles d'attente en attendant que leur Téoz qui a déjà deux heures de retard soit enfin affiché ne seraient pas contre un petit jet privé. Eh bien détrompez-vous, cela n'a rien d'agréable : vous vous sentez aliénée, trop libre, angoissée, à l'idée de ne pouvoir faire ce que vous voulez, sans jamais croiser la route des gens normaux. Pour le reste, vous rouliez en vélo pour aller au lycée (au fait que faisaient les gardes du corps ? Ils vous suivaient en mobylette ? Aucun souvenir), et vous avez découvert le métro sur le tard, coup de foudre dont vous n'êtes encore jamais revenue, vous vous y sentez en sécurité (bien plus que dans la 205 de ces mêmes gardes du corps pourtant armés jusqu'aux dents). Et ce n'est pas par esprit de contradiction :

aucun sociologue bien sûr n'étudiera le phénomène d'anxiété liée à l'anormalité d'une situation que d'aucuns jugeraient privilégiée, et des séquelles d'un voyage en avion privé, il serait en effet difficile d'établir des courbes puisque vous en êtes l'unique actrice (et puis vous avez coûté assez cher à l'État comme ça) ; mais vous pouvez jurer cracher qu'il n'y a rien de tel qu'un long voyage dans une bonne vieille bagnole bourrée à craquer à l'image des Mercedes 300 000 kilomètres au compteur des immigrés qui rentrent au bled en période estivale. Ce sont les voyages que vous préférez, trois jours de route entre la France et l'Espagne pour arriver, via le bateau d'Algeciras dans le nord du Maroc. Pour ne pas avoir mal au cœur c'est vous qui conduisez (votre fille Tara a pris la relève, aussi volez-vous désormais les petits sachets en papier qu'on trouve sous la tablette devant le siège dans chaque avion, et parfois les sacs plastique dévolus aux couches sales dans la cabine nursery des TGV). Vous mettez Jacques Brel à fond sur l'autoradio, et chantez à tue-tête avec vos enfants qui de deux, quatre ou six ans en connaissent les paroles par cœur : « Et je te dis qu'il pleure pour noyer de pudeur mes pauvres lieux communs... » Parfois, pour changer, vous choisissez les Stones ou Bob Dylan. Bref, vous êtes plutôt d'avant-garde. Les enfants s'endorment, c'est le moment de vous engueuler avec votre compagnon. Mais parfois vous n'attendez pas. À force, ils sont habitués. Et le suspens terrible, trouvera-t-on un hôtel tout pourri en prenant cette sortie, il est déjà minuit et demi, se résout toujours par un happy end : vous dénichez immanquablement la perle ! Vous vous entassez à cinq dans une chambre, et redescendez pour goûter la cuisine familiale de la tenancière espagnole, encore sous le choc de voir débarquer des touristes dans une ville que personne n'a jamais visitée. En général, vous n'avez jamais rien mangé d'aussi bon (et d'aussi peu cher), vos enfants ont droit à une glace. Vous avez cinq heures pour vous refaire une santé avant de prendre la route à l'aube, pour dix heures de route.

C'est exactement cela qui vous a manqué lorsque vous étiez enfant : jamais un trajet avec vos parents seuls, dans une voiture que l'un d'eux aurait conduite, jamais d'engueulade entre eux, la radio était branchée sur France Info les retours de week-end, quant à l'idée de partir à l'improviste, allez, on récupère la bagnole et on trace sur l'autoroute A6, vous imaginez bien le branle-bas militaire comme au début d'une guerre civile.

En ce qui concerne vos trajets exclusivement parisiens, il y avait le vélo de votre mère, moyen de locomotion qui évolua au cours du temps : au début, vous étiez assise sur un coussin tenu par un élastique (ce qui ne vous empêchait pas de jouer de la flûte pour faire l'autoradio – vos dents ont eu de la chance), puis sur un vrai siège enfant, modèle années soixante-dix. Et ça, c'était le panard (panards qui en l'occurrence ne devaient pas bouger sous peine de se faire broyer par les rayons du vélo). N'empêche, votre mère était sacrément forte. Vous avez essayé une fois de transporter votre fils sur votre propre vélo auquel vous aviez fixé un siège aérodynamique, vous avez fini à pied de peur de le faire tomber. Manque d'équilibre, et à vous deux vous pesiez moins que le vélo, quelle idée ridicule de vouloir se mesurer à sa mère (surtout sur un terrain où de notoriété publique, elle est imbattable ; pour ce qui est de l'histoire de l'art, vous ne vous y êtes même pas essayée). Dans ce domaine comme en politique, on présuppose toujours que vous devez avoir à peu près les mêmes connaissances que vos parents, comme si ça coulait dans le sang, ou qu'on en héritait au même titre qu'un nez : vous avez eu le nez (et même tout le visage de votre père), pas la culture. Vous l'annoncez officiellement : il ne sert à rien de vous poser des questions politiques, vous n'avez pas d'opinion ! (enfin vous n'en pensez pas moins) – mais ça ne regarde personne.

Vous avez très soif. Votre voisin s'est endormi. Vous commencez alors votre méditation yoga pour vous persuader que vous êtes tout sauf assoiffée. Ça vous est plus facile que de le réveiller. Même si vous n'avez jamais fait de yoga et que, à peine le temps de la méditation se présente-t-il, vous sortez un des trois livres qui toujours vous accompagnent, on ne sait jamais, justement, si du temps se dégageait pour la méditation. Pour être franche, si vous bourrez votre sac de livres, c'est surtout au cas où on vous kidnapperait, pour passer les premières heures en gardant à distance l'angoisse et empêcher l'ennui. Ça peut paraître stupide, c'est pourtant la raison première parmi bien d'autres (pannes de métro, attente une demi-heure entre deux stations,

queue à la caisse du marché U, trajets de toutes sortes du moment qu'ils ne se font pas en voiture, sinon, on l'a compris, vous vomissez).

Vous avez toujours soif. Le seul obstacle n'est pas votre voisin endormi qui vient de regarder sa montre (simulateur), mais aussi le fourbi qui pèse sur vos genoux et que vous avez la flemme de porter jusqu'à la voiture-bar, en sectionnant tous les membres qui dépassent des sièges. Mieux vaut rester tapie. Vous serez moins vue. Tout le monde dort autour de vous. Finalement ça a du bon. (Et en plus personne ne ronfle. En revanche les bouches se relâchent, ainsi que la peau du menton. C'est la raison pour laquelle vous ne vous endormez jamais en public.)

3 mars

Finalement, vous l'avez eue la réminiscence : votre fils aujourd'hui vous avoue, on se moque de moi à l'école. Au dixième « pourquoi ? », tourné dans tous les sens, il finit par répondre : « On me croit pas quand je dis que mon grand-père était président de la République. » La colère monte. Oui et alors ? Puisque c'est vrai, tu peux le crier sur tous les toits, ou ne pas le dire si tu n'en as pas envie, mais tu es libre. Vous cherchez dans votre mémoire ce que vous avez pu dire à votre mère. Évidemment vous ne vous en souvenez pas. Lui avez-vous même avoué qu'on se moquait aussi de vous ?

Quelques images reviennent. On tourne autour, on vous montre sans doute du doigt, ça murmure. Mais jamais des quolibets directs. Plus tard, il y a les élections. Vous entendez dans la cour de l'école les insultes, ou seulement les critiques, peu élaborées – vous avez treize ans – mots entendus à la maison et répétés.

Vous imaginez alors que certains parents peuvent vous voir passant à la télévision, sur une « petite » chaîne, certains enfants parler de vous à votre fils comme d'une personne étrangère, comme de quelqu'un d'autre que sa mère, une adulte dont on peut critiquer l'image.

Mais lui ne fait pas la différence entre l'image et sa mère. Vous lui expliquez qu'il n'a pas à vous protéger, que vous êtes celle qui le protège, que les méchantes phrases ne vous font rien, que vous êtes assez solide pour les entendre, qu'il ne doit pas les garder pour lui. Que vous prenez sur vous ces critiques, qu'elles ne vous atteignent pas, et qu'elles ne doivent donc pas l'atteindre. Depuis combien de temps garde-t-il ces moqueries en lui ? Vous ne voulez pas qu'il ait de vous deux images, celle de sa mère et celle d'une autre, fragile puisque attaquée, et qui ne coïncide pas avec la première en qui il a confiance, qui représente la sécurité. Aucun enfant n'aime qu'on critique sa mère. Vous ne voulez pas qu'il vous protège comme vous l'avez fait avec vos parents. Lui apprendre à dire, aussi bien chez lui qu'à l'extérieur, dire parce que rien ne mérite d'être tu, parce que le silence est un cancer. Lui apprendre à être injuste s'il le faut, à ne pas se laisser malmener. Lui a les armes pour le faire, puisqu'il a la possibilité des mots.

4 mars

Vous passez un agréable week-end, chez A. L., qui a travaillé aux côtés de votre père, et sur laquelle votre compagnon fait un film pour la collection de France 5 *Empreintes*. Ses parents sont là, très inquiets parce qu'elle parle de son grand-père, figure centrale de la famille et qui manifestait une nette préférence pour elle. Ça va réveiller des tensions familiales, dit la mère, qui veut sauvegarder l'harmonie. Les points de vue d'une mère sur sa fille impliquent les points de vue sur la place qu'elle occupe dans une organisation familiale. Le réseau est toujours plus fort que l'individu, et que sa fille puisse revendiquer son histoire personnelle semble contraire à la paix clanique. Qu'elle soit l'une des plus puissantes femmes de France ne change rien à l'affaire : elle reste la petite-fille, préférée et donc jalousée, qui réinterroge l'ensemble des liens familiaux.

Bref, il est difficile de devenir un individu au sein d'une famille. Il est toujours dangereux de devenir soi-même, et toute réussite représente à la fois une fierté et une trahison. Les places sont décidées une fois pour toutes, on n'y échappe pas. Votre place ne vous définit que par rapport aux autres, petits frères, grands cousins, père, mère, grand-père. L'échappée est d'autant plus difficile que vous aimez votre famille. Les téléspectateurs trouveront charmant ce lien avec un grand-père admiré, mais n'y prêteront pas plus d'importance que ça. Les dix ou quinze personnes de sa famille, elles, ne lui pardonneront pas. Le problème est inextricable : parler de soi, c'est d'une manière ou d'une autre envoyer se faire foutre tous les autres, et de préférence les plus proches. Vous vous êtes toujours demandé si *l'enjeu* en valait la chandelle : l'enjeu, c'est soi-même, mais le prix à payer est cher, il faut avoir des ressources.

Vous, vous n'écrivez plus à la première personne. Vous écrivez sur « vous », et « vous » est un autre.

Et le plus drôle, c'est que vous vous surprenez, dans la rue, à vous parler à vous-même en disant « vous » : « N'oubliez pas le chocolat », « Vous allez être en retard », « Vous commencez à devenir folle ».

6 mars

Hier, vous étiez à la table d'une assemblée de femmes, jury d'un prix littéraire. Parmi elles, Catherine Nay. Elle vient vers vous pour « vous raconter une anecdote ». (Vous l'avez vue venir de loin : en général, lorsque quelqu'un s'approche de vous, c'est forcément pour « vous raconter une anecdote », dont vous serez l'une des protagonistes, le personnage secondaire, et dans le rôle principal : votre père – parfois seul le rôle principal reste, vous n'êtes alors plus personnage, mais réceptacle, et pourquoi pas greffière comme le prouve ce que vous faites en ce moment. En l'occurrence, l'anecdote a déjà dû être publiée, étant donné qu'elle vient d'une des journalistes les plus en vue du monde politique, qui comme son métier l'indique, fait feu de tout bois). « Un jour d'été, je passe boulevard Saint-Germain (vous l'imaginez mal boulevard Barbès), et que vois-je ? (suspense, vous en perdez le souffle), François Mitterrand aux côtés d'une longue jeune femme brune (que vous identifiez aussitôt comme votre mère) et d'un jeune homme (que vous identifiez aussitôt comme votre oncle, sa couverture) et, sur la table, un bébé. C'était en 1975, et jamais je n'avais vu Mitterrand (auparavant elle disait « Mittrand », la politesse vaut bien une voyelle), aussi tendre, jouant, dessinant des choses sur la nappe en papier. » Fin de l'histoire. Que pouvez-vous lui répondre ? Elle ne vous en laisse pas le temps puisqu'elle vous demande, tout haut, si elle peut raconter l'anecdote. « Ha, ha, ha. C'est si charmant. » Vous lui répondez qu'elle fait comme elle veut, que c'est son histoire pas la vôtre, et qu'en l'occurrence vous en êtes plus l'objet que le sujet. Elle s'exécute (votre assentiment était superfétatoire), et reprend la même anecdote : le bébé sur la table, la longue femme brune, le jeune garçon, François Mitterrand, devant une assemblée gênée, et vous qui ne savez pas où regarder (après tout on est là pour débattre de livres dont elle s'est empressée d'annoncer, en arrivant, qu'elle ne les avait pas lus). Sa bible sur

Sarkozy et Cécilia sortait le lendemain, 680 pages d'enquêtes passionnantes qu'elle a résumées par le menu, et dont grossièrement la synthèse est la suivante : « Nicolas » est un grand sentimental, toutes les erreurs étaient celles de Cécilia, le Fouquets, le yacht de Bolloré, ce qui permet d'expliquer pourquoi ce grand homme à l'international, cet immense Européen, soit si peu reconnu en sa patrie (ingratitude). Son seul défaut : avoir aimé. On en aurait les larmes aux yeux. Et de rajouter : c'est le seul président qui ait été monogame.

Autour de la table, on regarde son assiette. Il y a plusieurs journalistes dans l'assemblée, Catherine Nay parle à des connaisseuses qui ne peuvent ignorer la liste noire des passades : certes, Sarkozy n'est pas polygame, compte tenu que « flirter » entre deux portes ne rentre pas dans la catégorie d'une relation construite et aimante, à partir de laquelle seule, on peut parler de polygamie. Ainsi, en une demi-heure, Catherine Nay avait réussi à placer son anecdote fabuleuse sur la *tendre* polygamie de votre père (c'est si charmant) et celle sur la monogamie courageuse autant que rare d'un président sentimental au cœur plus grand que lui.

Vous faites donc partie des perles qu'on enfile, dans les dîners en ville, une anecdote en chasse l'autre, vous logez au panthéon du potin, et on vous le fait savoir comme s'il s'agissait d'un trophée.

8 mars

Vous êtes tombée malade, vous avez trop parlé : entre les cours de philosophie où vous tenez le crachoir trois heures durant, les délibérations, et les cafés avec vos amies, votre voix s'est affaiblie, elle n'est plus qu'un filet. C'est qu'elle n'est pas habituée : vous avez commencé le travail de musculature des cordes vocales tardivement, après dix-neuf ans de silence. Et comme pour les enfants sauvages élevés parmi des meutes animales, il est impossible de rattraper le temps perdu.

Vous écrivez pour soigner votre gorge. C'est une raison d'écrire comme une autre. On sous-estime toujours le rôle du corps dans une vocation qui semble en faire fi. Vous avez organisé vos différents métiers et occupations comme un système de vases communiquant la fatigue : pour vous reposer de la philosophie, vous faites de la télévision ; pour vous reposer de la télévision, vous faites de la radio ; pour vous reposer de la radio, vous lisez ; pour vous reposer de lire, vous écrivez ; et pour vous reposer de vous-même, vous vous occupez de vos enfants, fatigue à laquelle vous n'avez pas encore trouvé d'échappatoire. Bref, vous êtes une personne fatiguée. Et qui a trouvé une façon d'habiter sa fatigue sans jamais la remettre en cause. Après tout il y aurait des solutions plus simples : vous reposer par exemple. Mais rien n'est plus épuisant, sans compter que vous n'en avez pas le mode d'emploi. Apprendre à faire la sieste, même en vacances, vous demanderait une énergie de néophyte – or vous n'en avez plus. La boucle est bouclée, cqfd.

Vous pouvez par exemple avouer qu'au milieu de ce paragraphe, vous avez déjà acheté trois livres sur *amazon.fr* (libraires indépendants, pardonnez-lui), et répondu à deux mails. Votre attention se relâche : c'est votre gorge. Vous allez dans quelques instants recevoir le mail de confirmation de votre commande, mais vérifier qu'il ne s'agit pas d'une demande en mariage ou d'une proposition de travail alléchante aux conditions mirifiques, alors que vous savez de source sûre qu'il ne s'agit que d'un renvoi automatique. Sans parler de la consommation de cafés et de cigarettes, mais que voulez-vous, ronger ses ongles vous dégoûte, et vous avez arrêté de sucer votre pouce il y a trop longtemps pour reprendre. Quant aux paquets de gâteaux, ils n'entrent même pas dans le domaine de la tentation. « Grignoter entre les repas est mauvais pour la santé », or la santé, c'est sacré, on vous le répète suffisamment à chaque premier de l'an, chose que vous n'avez jamais comprise – et pour cause, votre cancer ne s'est pas encore déclaré. Sur trente-sept ans de plus ou moins bonne santé (à part la fatigue) il vous a semblé que d'autres soucis pouvaient concurrencer les rhumes, mais il ne viendrait à l'idée de personne de vous souhaiter d'apprendre à dire sans manger vos syllabes, « bonjour, je m'appelle Mazarine Pingeot » (même à écrire, c'est difficile), ou de vous libérer de votre hypocondrie – au contraire, on vous enfonce par ces ignobles mots « Et surtout, la santé ! »). Or le jour où l'on vous souhaitera d'apprendre à téléphoner pour annuler un rendez-vous, c'est qu'on aura mis le doigt sur des choses que vous préféreriez peut-être taire, ou qu'on vous prendra pour la demeurée que vous êtes : êtes-vous prête à autant de franchise ? Tout compte fait, la santé fait l'affaire. C'est la gorge en feu que vous concluez aux bienfaits de l'hypocrisie sociale. Il n'empêche que souhaiter une chose qui ne relève que du corps propre, et qu'on minimise par là même les autres sources de souffrance, relève d'un beau déni. À moins qu'il ne s'agisse de la santé mentale, ou mieux, de la santé morale : auquel cas, dans une année présidentielle, on ne peut souhaiter au corps électoral que de recouvrer la santé.

La santé est parfois une question de choix : enfant, vous alliez en classe avec trente-huit de fièvre. Votre mère travaillait, et votre père ne pouvait annuler son rendez-vous avec Clinton pour rester à vous tamponner le front avec un linge humide. Quant à la baby-sitter, dans la grotte secrète c'est une fonction qui n'existe pas. Vos trente-huit de fièvre n'allaient pas bouleverser l'ordre de la France, ni celui du musée d'Orsay, vous n'aviez qu'à faire comme si vous aviez une température légèrement inférieure à trente-sept deux, et le tour était joué. (Ainsi, aujourd'hui malgré votre gorge au bord de l'explosion, vous pouvez fumer un paquet vu que vous n'éprouvez rien.)

Votre corps n'avait pas le droit de se prévaloir d'une rage de dents, revendication individualiste, voire anarchique ; vous lui avez intimé l'ordre de se taire, afin qu'il puisse entrer dans l'ordre des choses. Ainsi soit-il. Et vous ne jetez la pierre à quiconque. Après tout, ne vous est-il pas arrivé d'amener votre cadette à la crèche après lui avoir assené une bonne dose de Doliprane ? Ils se rendraient bien compte au fur et à mesure de la journée qu'elle ne tient pas debout, le temps pour vous de finir votre travail. Qu'elle dorme dans son lit ou dans celui de la crèche, quelle différence ? Mère indigne.

Vos parents, eux, se méfiaient des médicaments. Aussi n'utilisait-on pas le Doliprane, de peur que le corps s'habitue à la « drogue », et que celle-ci n'agisse plus. Si bien qu'elle n'agissait de fait jamais. Votre père, au pire moment de ses souffrances, tandis que les médecines diverses et variées s'acharnaient sur son corps sans qu'il veuille en connaître le détail, obéissant au protocole médical, refusait d'avaler du Di-antalvic, de peur de « perdre le contrôle », fidèle à la règle : « On n'habitue pas le corps à ce qui le distrait » (ce en quoi il fut visionnaire puisque ce médicament fut interdit quelques années plus tard).

Pendant ce temps, la chimie se substituait aux dernières cellules naturelles de ses organes. Tout est donc question de mythologie personnelle. Votre mère refusa la péridurale lorsque vous êtes née, pour vivre entièrement ce moment qu'elle savait unique, puisqu'il n'était pas question pour elle de demander un jour la carte famille nombreuse : pour connaître cette souffrance-là, vous en concluez que vos parents n'étaient pas tellement contre la douleur, et que, d'une certaine manière, rien n'atteste mieux que l'on est vivant.

Pour vous la règle s'est inversée. À force de faire taire son corps, dès lors qu'il a mal, il n'a plus mal. Et si l'on n'a plus mal, on est déjà un peu mort. Vous avez fait un lot de gros : toutes vos maladies futures et passées se résolvent dans l'immense fatigue qui depuis que vous êtes née vous accompagne. La fatigue est plus forte que la maladie, parce qu'elle ne se soigne pas. Elle émousse la douleur comme le plaisir. Et ne se combat que par ce qui la conforte : encore plus d'efforts.

9 mars

Vous prenez un café avec Claude Chirac pour préparer l'enregistrement de votre émission « La part d'enfance », et donc, lui faire parler de la sienne. Elle est comme vous. Elle protège. Elle « a eu beaucoup de chance par rapport à d'autres enfants », vous répondez « oui, il y a des enfants battus, d'autres orphelins, mais pourquoi juger sa propre souffrance à l'aune de critères absolus, irréfutables, objectifs » ? Si elle dut, à dix ans, s'occuper de sa sœur malade, et soutenir ses parents « auxquels on doit le respect » mais qui lui ont sans doute valu d'être moquée à l'école sinon pis, cela n'est rien « par rapport aux autres ». Alors on ne se plaint pas. Toute proportion gardée, cela vous fait penser à votre amie dont la grand-mère est une survivante d'Auschwitz, et qui l'a élevée dans la mémoire et la mission de la mémoire : ses petits malheurs ont vite été recouverts par l'incontestable Malheur, le seul, le vrai, l'évident. Elle a fini par se considérer comme quantité négligeable.

Ainsi en va-t-il des enfants missionnés. Ils n'ont pas accès à leur propre douleur, elle a tout le loisir de les dévorer silencieusement.

Mais la révolte des enfants gâtés gronde. Oyez, braves gens, méfiez-vous des fillettes à nattes et des garçons en chemise à carreaux : ils sont heureux, ils sont aimés, ils n'ont aucun problème, leurs parents sont célèbres. Ils ont en outre cet ultime avantage de demeurer des enfants toute leur vie, puisque ce sont des « enfants de ». Le secret de la jeunesse éternelle est de ne pas avoir eu d'enfance.

10 mars

Ce matin, en ouvrant le courrier et en y trouvant la note des travaux de ravalement, vous regrettez d'avoir perdu la mémoire : point de « révélation tant attendue » en stock, qui ferait de votre livre un best-seller et de vous une femme riche. Quelques échafaudages valent bien qu'on se vende, et la prostitution n'est pas un sot métier. Mais, en plus de l'amnésie, vous seriez bien en peine de sensationnalisme : après tout, vous en avez été la victime. Vous haïssez les fouilleurs de poubelles. Les vôtres sont pleines, mais même vous vous n'arrivez pas à en ouvrir le couvercle.

À défaut de souvenirs, vous élaborez des théories littéraires que vous songez à faire breveter, moyen plus digne de ne pas vous endetter auprès du syndic (ce serait bien d'y songer avant de publier ce livre, mais l'idée de remplir des formulaires vous arrête) ; la dernière est aussi une théorie psychanalytique, elle peut donc être piratée dans ces domaines de recherche : il ne faut pas avoir un surmoi trop puissant pour devenir écrivain.

Cette théorie n'est pas en votre faveur : vous avez un surpère, une surmère, une surhistoire, une métahistoire, une surfamille, des enfants surdoués (là c'est votre orgueil maternel qui exagère un peu), et un surmoi gros comme ça (ce qui n'exclut pas l'absence de moi). Aussi survolez-vous, au lieu de plonger les mains dans les viscères (sans compter que vous avez peur du sang). Cet état des lieux étant fait, vous vous demandez à juste titre pourquoi vous continuez d'écrire. Mais pour arrêter de surestimer tout ça pardi. Dieu merci, vous n'y parvenez pas du tout. Quant à le surmonter, vous ne faites pas le poids (qui heureusement reste en deçà : tant que vous arriverez à enfiler vos jeans taille 34-36, le reste ne réussira pas à vous broyer).

Vous faites la maligne, mais devenir coquette vous a été refusé. Ce n'est pas faute d'effort et d'ambition en ce domaine. Vous n'avez pas été victime d'une éducation rigoriste (il est vrai qu'à l'annonce de votre désir de devenir comédienne, votre mère a fait la moue, ce « milieu interlope »...) ; on vous habillait comme un garçon, mais vous étiez coupable, honteuse d'une poitrine fort précoce et d'un corps de femme qui ne vous a pas servi. Vous deviendrez adolescente plus tard. D'ailleurs plusieurs signes semblent montrer que vous n'êtes pas sortie de la crise. Un garçon ? C'est sans doute ce que votre mère aurait préféré avoir. Mais elle n'a pas eu le choix et s'est rangée du côté de l'autre désir : ce devait être une fille, marché conclu avec votre père, il n'était pas question de s'y soustraire. La nature a bien fait les choses, mais on ne sait jamais ce qu'elle doit à la volonté. Quant à inviter des garçons chez vous, vous laissiez cet honneur à vos copines, personne n'entre dans la grotte secrète, à moins d'être le garçon le plus formidable du monde : faire passer des tests n'engage pas à la légèreté. Avouez que vous n'auriez pas pu ramener des blousons noirs à la table du dîner. Le junkie à la crête aurait été pulvérisé (en douceur – autodestruction assurée, comme les CD du coffret des césars qui s'annihilent une fois regardés), et il vous aurait fallu beaucoup d'amour ou de rébellion pour l'assumer. Et puis, vous n'auriez pas songé à mettre en concurrence votre père. Vous aviez la permission de minuit pour les boums, au-delà, vous saviez que deux gardes du corps attendraient dans le froid, au bas de l'immeuble, songeant à leur famille qu'ils étaient en train de sacrifier pour votre petite personne. Ça apprend à être responsable. Quant au lycée, il vous était difficile de séduire quelqu'un dont vous ne saviez pas s'il était au courant, ou non, et qui vous regardait toujours d'un air bizarre : celle-là, il y a une histoire autour d'elle, mieux vaut ne pas y aller. Il faut dire que vous ne les y engagiez pas outre mesure. Alors voilà, l'espace de légèreté était assez réduit, aucun magazine people ne traînait à la maison, vous n'alliez pas chez le coiffeur, seul endroit où vous auriez éventuellement pu vous tenir au courant, puisque votre mère vous coupait elle-même les cheveux ; rarement vous l'avez vue se maquiller – une fois peut-être pour un vernissage ? Et encore, c'était un trait de rouge à lèvre, que vous trouviez étrange, transformant votre mère en femme du monde, ce qui n'était pas tout à fait à votre goût. Elle se fichait pas mal de ses vêtements (disons qu'ils devaient être pratiques pour ne pas se prendre dans les roues du vélo), elle avait été élevée à Clermont-Ferrand, chez les sœurs, et dans une famille où un baiser (comme la pub a commencé à en charrier dans les années cinquante) était une atteinte aux bonnes mœurs. On était bien loin de l'esprit carltonien de Lille – à cet égard, lorsque les secrétaires et collaboratrices de votre père lui racontaient que des initiales fameuses (au nombre de trois) leur avait demandé leur numéro de chambre sans introduction, il était en rage : quoi ? pas même un bouquet de fleurs ?

Dans la famille de votre mère, le sexe était proscrit, c'est un mot que vous n'avez jamais entendu, pendant toute votre enfance, à croire que le sexe ne se pratique pas à Clermont-Ferrand. Vos grands-parents ont pourtant fait cinq enfants. Ce devait être les cinq fois. Pour le reste, il y avait Jésus, qui sur sa croix est diablement érotique.

Mais qui a été initié aux plaisirs sensuels par ses grands-parents ? Ne cherchez pas des torts là où il n'y en a pas. Il n'empêche, la libération sexuelle n'était pas le leitmotiv de votre mère, qui en 1968 avait dû repasser son concours, ce qui l'avait quelque peu agacée. Certes, son frère était parfaitement dans le coup, mao à HEC, cheveux au vent, votre oncle adoré, baby-sitter attitré, qui vous a appris à jouer au tennis. Et puis votre mère, à dix-huit ans, était déjà amoureuse. Elle avait rencontré, sur la terrasse de leur maison d'Hossegor, un homme de quarante-cinq ans, rond, le cheveu épais, qui l'avait subjuguée. À vingt et un, ils flirtaient ensemble, à vingt-deux, ils étaient amants. À trente, ils étaient parents. À cinquante-deux, elle était veuve. À soixante et un ans, grand-mère. Et toujours veuve. Alors la libération sexuelle, elle n'en avait rien à battre, elle l'avait accomplie à elle toute seule. Son veuvage, elle l'a vécu dans l'ombre, à l'instar de sa vie. Bien qu'à la faveur d'un enterrement grandiose, elle ait été officialisée. On ne l'appellera pas la veuve. D'ailleurs, on ne l'appellera pas. Le statut social d'une femme amoureuse qui perd l'homme qu'elle aime, marié à une autre, est encore indistinct. Beaucoup d'amis de votre père s'en éloignèrent, pas tous. La fin du pouvoir ou la fin de la vie sont des tris sélectifs bien plus efficaces que la couleur des poubelles. À qui a-t-elle pu confier sa peine ? Sinon à votre père, sur le tombeau duquel elle n'est quasiment jamais allée se recueillir : Jarnac, loin de tout, sans lien familial, et les 8 janvier étaient pris. Alors elle continua à se rendre au musée d'Orsay en vélo, et quand elle visitait son frère, dans le quinzième, elle faisait un détour pour ne pas passer devant l'avenue Frédéric-Leplay, leur dernier refuge. Au contraire de vous, qui scrutez par les fenêtres pour voir des silhouettes passer, et tenter de vous rappeler la structure des lieux : cet appartement qui fut le leur pendant un an, vous ne le reverrez plus jamais. C'est idiot de mourir dans des lieux qui ne vous appartiennent pas et de vivre nomade à l'intérieur d'une ville. Le plus clair de votre adolescence, vous l'avez passé à côté du musée Branly qui rend attractif cette détestable autoroute. Vous n'êtes pas mécontente de n'y pouvoir revenir, mais enfin, derrière ces rideaux, c'est une partie de votre vie à trois, définitivement scellée, fin de parenthèse, le hors temps et le hors lieu sont désormais habités par d'autres, qui, peut-être, s'y sentent chez eux.

Enfin, il y a le « bureau de papa ». François Hollande président, cela signifierait pour vous revenir sur les lieux du crime, sans plonger sous le siège auto quand la voiture entre dans la cour, sans tchador pour dissimuler votre visage – la meilleure preuve du crime –, et vider de toutes vos angoisses une grande partie du VIIIe arrondissement désormais fréquentable. Bref vous souhaitez le voir élu. Et dissocier le destin de la gauche de votre destin personnel, qui n'ont pas toujours fait bon ménage. Êtes-vous aussi mesquine ? Vous ne misez pas tout sur une élection présidentielle pour accomplir votre thérapie. Mesquine peut-être, mais lucide.

Allons, la justice sociale vous fait plus vibrer que la possibilité de donner à manger aux canards dans le jardin de l'Élysée (promis, juré, craché). Les canards furent l'objet principal de la passation de pouvoir entre votre père et Jacques Chirac : ils s'étaient longuement promenés au bord de l'étang (une mare en réalité), et votre père lui avait fait promettre d'être attentif à la saison des amours et des migrations : ainsi fut-il missionné pour trouver à cela une solution, construction d'une cabane, nourriture abondante, foyer chaleureux. Ce qu'il accomplit à la lettre. Vous ne seriez pas étonnée que Sarkozy les ait fait rôtir, lors du barbecue géant du 14 Juillet.

12 mars

Vous êtes rentrée tard de l'enregistrement de « Ça balance à Paris »[1]. Trop fatiguée pour travailler. Vous faites alors l'erreur de surfer sur le net. De fil en aiguille, vous arrivez sur... vous-même. En général, vous évitez. De surfer sur le net, et de tomber sur vous (vous avez invariablement le nez rouge sur toutes les photos : et pour cause, elles sont souvent prises le 8 janvier à Jarnac). Pour avoir lu une fois votre Wikipédia, vous savez combien être résumée sur vingt lignes est déprimant, surtout quand ces vingt lignes sont elles-mêmes le *Reader's digest* de sources contestables, mais incontestablement désagréables. Vous justifiez votre geste suicidaire en vous persuadant qu'il vous fallait

1. L'émission à laquelle vous participez sur Paris Première.

vérifier de toute urgence si votre fils, parti ce matin en classe de découverte (votre cœur se serre) s'appelle toujours « Ascot ». Apparemment, une bonne fée, c'est-à-dire quelqu'un d'informé, a corrigé ce détail (mais qui peut bien appeler son fils Ascot ! Il faut vraiment qu'ils aient des préjugés ou une dent contre vous pour vous faire cette mauvaise blague. Ce qui vous a valu entre autres, la lettre d'une ancienne professeure de français, quelques mois après la naissance de votre fils, autrement dit quand toute la presse (les entrefilets) en avait parlé : elle était fort marrie que vous ayez donné ce prénom ridicule à votre enfant, et vous expliquait les dégâts que cela allait provoquer sur son équilibre mental et son destin futur, assortissant son traité de psychologie de quelques constats fort raisonnables eu égard à la démonstration qui précédait : « Vous êtes irresponsable, vous devriez avoir honte. » Voilà donc les frigides hystériques (dont quelques signatures figurent dans ce même article de Wikipédia), qui prirent la parole, avouant par là même qu'elles s'étaient abreuvées de *Voici*, *Gala* et compagnie pendant tout l'été. Pour une prof de français revendiquant le bon goût en matière de prénom, c'était pour le moins gênant (d'autant que ce genre de magazine regorge des nouveaux prénoms que charrient la téléréalité et le sous-R'n'b, ce qui doit laisser cette pauvre dame dans un état de décomposition avancée, elle n'aura pas assez de timbres pour invectiver toutes les mères, qui en plus d'avoir donné des prénoms malsains à leurs enfants les voient se rouler des pelles en une des kiosques à journaux). Vous ne lui avez pas répondu. Mais il semble que ce soit chose faite.

Quant à votre bonne fée bénévole, elle s'en est tenue à vos classements aux différents concours (ils sont exacts ! mais où sont-ils allés chercher ça ? Personne ne sait ça à part votre mère, or ce *ne peut pas* être votre mère qui les a rancardés), des commentaires sur les commentaires sur votre deuxième roman, autrement dit votre préhistoire qui fait presque autant de lignes que votre filiation (il fallait remplir), et bientôt vos ex-compagnons (merci Ali d'épaissir votre bio sur Wiki) : comme quoi, il faut toujours compter sur les autres pour acquérir quelque importance. Le tout agrémenté de critiques méchantes de vos premiers livres et d'une photo de vos cernes.

Bref, vous avez une notice nécrologique toute prête. Vous pouvez mourir.

Voilà, vous êtes totalement déprimée.

Vous allez vous coucher, c'est tout ce qui vous reste à faire.

13 mars

Un étrange rêve vous poursuit : vous découvrez une martingale économique extraordinaire. Étrange oui, si l'on considère votre incapacité à comprendre le moindre article traitant d'économie, même la plus élémentaire. Il faut croire que vous participez à votre manière à la campagne, dès que vous vous endormez.

Jeudi 15 mars

Un photographe, Pascal Lebrun, vous montre les photographies qu'il a faites de votre père pendant près de trente ans et qu'il réunit pour un livre. Noir et blanc, gros grain, votre père qui vieillit au fur et à mesure des clichés, et son regard lumineux, traversé par l'ambition et l'humanité ; ses gestes d'ancien timide (mais ne le reste-t-on pas toute sa vie ?), les mains croisées derrière le dos ou sur le ventre, les doigts s'entremêlant, les pieds qui se marchent l'un sur l'autre derrière l'estrade ou le bureau, l'imperméable ouvert et le pas volontaire mais maladroit, tous ces indices d'une enfance qui ne meurt jamais, même chez les grands hommes ; d'une féminité acceptée qui adoucit les angles, les dents irrégulières, et l'infinie nostalgie, parfois, qui se laisse capter par l'objectif, malgré elle, parce que le regard est en dedans, et qu'il doit voir défiler des visages, ceux de ses morts, mais peut-être aussi ceux de ses vivants, et pourquoi pas le vôtre, entre deux meetings et une réunion cité Malesherbes. La vie prisonnière de ces photos, qui soudain resurgit à la faveur d'un geste, d'une indécision, d'un mouvement : c'est votre père. À ces instants, il est au croisement du président, du premier secrétaire et de l'homme que vous avez connu.

Chaque fois qu'une photo montre un attroupement, un défilé, une manifestation, une foule, vous vous surprenez à scruter les visages des enfants perchés sur les épaules paternelles. Pourtant, ce ne peut être vous.

Vous ne pouvez en être. Aucune photographie officielle ne vous a saisie en sa présence.

Seule une photo, volée. Publiée dans un journal à grand tirage. Vous qui croyiez que l'intimité doit être secrète, cette parution a eu sur vous l'effet d'un viol. Vous êtes entrée dans la lumière par effraction. Venue au monde par un vol, mise au monde par un viol. On a volé votre image en même temps qu'on l'a offerte aux autres. Vous avez été exposée, et jugée. Vous êtes devenue une image. Comme DSK, les menottes aux poignets[1].

Hormis celle-là, rien. Ou alors, il faudrait faire des collages : comme ce jour de la passation des pouvoirs, où votre père remonte les Champs-Élysées vers l'Arc de triomphe pour y déposer la gerbe sur la tombe du Soldat inconnu. Vous étiez là. La photo a été prise. Celle-là même que vous avez dupliquée, trente ans plus tard, sous l'objectif d'Irina Werning. À quelques mètres de là se trouvait votre père. Vous venez d'en voir la photo. C'est le même noir et blanc et la même lumière. Pour reconstituer une histoire commune hors de votre appartement, vous ne pouvez procéder qu'à des montages. Le temps et l'espace se brouillent. Deux

1. À ceci près qu'il a été accusé d'avoir violé une femme tandis que vous vous en êtes tenue à naître, différence anecdotique si l'on en croit les commentateurs de « l'affaire », qui se sont précipités de mettre vos histoires en regard, avec comme fil conducteur : la concupiscence des hommes de pouvoir. Vous avez été très intéressée par ce nouveau point de vue sur votre identité, vous êtes donc le fruit de la concupiscence d'un homme d'État.

personnages dans un même lieu, isolés et captés par des objectifs différents. Un père, sa fille, séparés par les cordons de sécurité.

Vendredi 16 mars

Dimanche prochain, vous avez accepté de lire un texte de Louise Michel au Cirque d'hiver pour la grande réunion culturelle de François Hollande. À vrai dire, vous n'avez pas beaucoup réfléchi. À cette heure, vous vous demandez ce qui vous est passé par la tête, pour vous retrouver devant des milliers de personnes, dans un rôle dont on vous a donné le texte, mais qui vous demeure obscur, faute d'avoir suivi les cours de l'Actors Studio. Se mettre dans la peau du personnage de la fille d'un ancien président qui milite à sa façon pour qu'un autre président de gauche accède au pouvoir, lequel président de gauche se prénomme François, et se coule dans des gestes très mitterrandiens, tout cela en tâchant de se distinguer de ce rôle précisément de fille d'ancien président. Pas facile. Vous ne voyez pas trop quelle pourrait être la psychologie de ce personnage. À dire vrai, il n'est pas très réaliste. Celui qui a écrit le scénario est pervers ou trop ambitieux. On n'y croit pas. Il vous faudrait écrire une bible, savoir d'où vient cette fille, raconter une histoire pour mieux la comprendre, éprouver les sentiments qu'elle ne doit pas manquer d'éprouver, imiter ses mimiques, un port de tête qui visiblement n'a rien gardé des leçons de danse qu'elle a prises enfant, une désinvolture-gage-d'indifférence, dans laquelle toutes ses émotions se sont peu à peu dissoutes. Et le costume. Quel costume ? comment lui ressembler ? En ressemblant à son père puisqu'on dit qu'ils ont le même visage. Vous pourriez alors regarder des films de lui, apprendre la gestuelle, ou encore lire des livres. C'est trop de travail pour cinq minutes de scène. Vous vous accoutumez à l'idée que vous serez en deçà, et qu'après tout, puisque vous avez renoncé au théâtre vers l'âge de dix-huit ans, ce n'est pas bien grave. Il n'y a pas d'enjeu de carrière. Vous ne comprenez pas alors pourquoi Ariel Wizman vous appelle pour jouer à nouveau ce rôle (il ne vous a même pas vue déclamer !) dans un film sur les enfants de président. C'est que, finalement, vous devez être crédible. Oui, mais au même titre que Jean Sarkozy. Ce qui vous fait renoncer au projet : il est meilleur acteur que vous, vous ne souffrirez pas la comparaison.

Avant ce grand rassemblement, vous signerez vos livres au Salon du livre. Vous connaissez ce genre d'exercice : une file de personnes qui font la queue pour vous raconter une saynète qu'ils ont vécue avec votre père, ou sans lui. Ils achètent un livre pour faire bonne figure. Qu'ils ne liront sans doute pas. Vous écoutez, souriante, sans même songer à autre chose – vous n'avez pas assez d'imagination pour cela –, observant cette foule de socialistes émus, qui ont aimé votre père, dont visiblement vous êtes désormais le fantôme. Comment dès lors, vous sentir écrivain ? Ou tout simplement un être vivant ?

Étonnez-vous après que vous ne traitiez que d'infanticide, de Shoah et d'anorexie. Vous n'êtes pas très portée sur les choses plaisantes. Étonnez-vous aussi qu'on ne lise pas vos livres, et qu'on préfère vous entretenir du congrès de Metz que du frigo où l'une de vos héroïnes a enterré ses enfants. En vérité, rien de tout cela ne vous étonne. Et c'est bien le problème. Il serait temps de vous révolter ! Après tout il n'est jamais trop tard pour commencer son adolescence.

16 mars après-midi

Vous vous faites engueuler par votre gourou (oui, vous avez un gourou), tu n'es pas amnésique, enlève-toi ça de la tête. C'est hors *sujet* (non ce n'est pas un psy lacanien, malgré les apparences). Remplace amnésie par amnistie. Désormais, dès que vous prononcerez cette phrase qui est comme votre mantra : « Je suis amnésique », vous lui substituerez : « Je suis amnistique. » Ça vous plaît.

Dimanche 18 mars

Meeting du Cirque d'hiver. Vous en êtes. Infiltrée aussi dans la campagne présidentielle, mais vous n'êtes pas responsable de l'imposture. Néanmoins vous l'acceptez, parce que le choix n'en est pas un, vous voulez vous rendre utile, sans avoir beaucoup de capacités pour cela. Se rendre utile en l'occurrence, c'est accepter pendant les quelques semaines, d'être la fille de votre père. Aussi avez-vous finalement lu, et sans fautes, cette fameuse lettre de Louise Michel, devant une large assemblée, célébrant la culture et l'anniversaire de la Commune. Vous succédiez à un montage d'images de mai 81, qui toujours vous émeuvent et rentriez dans la filiation par la grande porte, celle de l'histoire jalonnée par les dates historiques de la gauche. Comme prévu, avant le meeting, vous avez passé quelques heures au Salon du livre pour signer vos ouvrages. Et comme prévu, s'il y avait eu autant de livres achetés que de photos prises, sans doute seriez-vous riche aujourd'hui. Par un *extraordinaire coup du hasard*, au bout d'une demi-heure, vous voyez arriver François Hollande qui vient signer son livre, à vos côtés. Vos lecteurs ont fait place aux journalistes et aux caméras. Le malentendu persiste, mais, en ces jours, vous n'y pouvez pas grand-chose. On vous a fait signer essentiellement des exemplaires de *Bouche cousue* – on vous lit pour votre histoire. Encore une fois, vous êtes l'*objet* de curiosité, le *sujet* qui écrit passant au second plan. Les autres livres qu'il publie n'intéressent pas ceux « qui aimaient beaucoup votre père » ; quant aux autres, ils doivent penser qu'il faut « aimer beaucoup votre père » pour vous lire. Vous êtes dans l'angle mort.

Le choix pour les enfants d'hommes politiques (qui portent le même nom, ce dont vous avez été épargné) est binaire : se taire, ou se révolter, mais dans les grandes largeurs, étant donné que le moindre petit joint peut faire la une des magazines, autant ne pas se priver ! Voilà le petit Louis réduit à jeter des tomates sur des policiers : le geste d'un enfant (bon c'est vrai, il a quinze ans), dont les radios parlent aussitôt. Comment humilier davantage quelqu'un qui n'est pas encore fait ? Le pendant de la honte est la responsabilité. La révolte est interdite. Les enfantillages ne sont pas de mise.

Hommes et femmes politiques, ne faites pas d'enfants ! Enfants, ne naissez pas de ces parents-là, vous êtes niqués dès le départ – mais on ne vous plaindra pas, parce que vous mangez à votre faim et que vous avez trop d'argent de poche. On vous regardera, on vous attendra au tournant, on ne vous aimera pas !

Pas étonnant que ces enfants restent entre eux, parmi les enfants des amis de leurs parents, dans le cercle agrandi de la famille où ils ne risquent rien. Dehors, c'est dangereux. Ils sont des cibles faciles et des témoins malgré eux. Ils n'ont pas appris à se défendre – où et quand ? eux qui ne rencontrent jamais le monde. Motus. Ils apprennent à se taire, et puis à tuer dans l'œuf toute velléité de désir et de vie.

Votre étrange statut vous a préservée de cela, au moins vos plus jeunes années. Mais leur sort a fini par vous rattraper (et même vous dépasser).

Et puis le temps passe. Vous faites cours à des étudiants parfois fort jeunes qui ne sont nés que quelques années avant la mort de votre père, et qui ne savent rien de votre histoire, ou qui s'en fichent, pour qui vous êtes un professeur, ennuyeux ou intéressant, c'est selon. Les générations à venir vont balayer votre problématique. Pas votre névrose.

21 mars

Dans cinq semaines, les élections. Les « jeunes socialistes » vous appellent tous les jours pour vous convier à un rassemblement le week-end et, tous les jours, vous oubliez. Vous n'osez pas leur dire que vous n'avez pas regardé le programme qu'ils vous ont envoyé il y a plus d'une semaine, encore moins que vous n'avez pas l'intention de le faire. On vous rappelle à l'ordre, vous avez été une jeune socialiste vous aussi. Aujourd'hui vous êtes une vieille socialiste. Qu'est-ce qui a changé, depuis le temps où vous colliez des autocollants sur les selles de vélos RPR ? Premier point, vous vous êtes encartée, autrement dit vous êtes passée de la filiation socialiste, au choix indépendant et à la prise de décision autonome (c'est une amie à vous qui vous a offert votre carte. Cependant elle vous en a parlé avant, pour ne pas vous mettre devant le fait accompli. Vous avez sauté sur l'occasion : vous n'êtes pas à quelques euros près, mais à un abîme du militantisme qui vous ferait franchir le pas de vous-même).

Autrement dit, sur ce terrain rien n'a changé. À treize ans et des poussières, l'âge de votre seule et unique campagne active (ayant été peu impliquée lors des campagnes de 2002 et 2007, vous en concluez qu'il y a un lien évident entre votre participation et la victoire de la gauche), vous étiez plus vieille qu'aujourd'hui, et à des années-lumière de ces jeunes qui vous ont interviewée à l'issue du meeting du Cirque d'hiver, avant de prendre votre mail et de vous harceler au téléphone (que vous leur avez donc donné aussi). Vous n'avez pas eu la franchise de leur opposer que le week-end, de toute façon, vous seriez forcément occupée à autre chose qu'à haranguer les foules, étant donné que vous avez trois enfants (le sang socialiste coule aussi dans leur veine) et accessoirement une vie ; vous avez seulement tenté de le leur suggérer avec la délicatesse que vous autorisaient les trois verres de piquette que vous veniez de vous enfiler à l'issue d'une journée éreintante et l'estomac vide. Sans compter qu'il faisait quarante degrés Celsius sous le chapiteau, et que votre visage dégoulinait, en même temps que le maquillage que, cette fois, vous n'aviez pas oublié d'appliquer à la va-vite, forte d'une expérience comprenant au moins trois tentatives en trente ans. Vous n'avez pas non plus le courage, après coup, d'aller voir le résultat sur le site du PS. Le non-souvenir de cette fin de soirée vous accable, combien de conneries avez-vous proférées, et à qui ? Le mystère doit demeurer entier. Vous savez juste que vous avez tenu la jambe d'Anne Consigny, qu'elle reçoive aujourd'hui officiellement vos excuses.

Mais ces « jeunes socialistes » sont retors, ils ont réponse à tout : vos enfants, on s'en occupe. Il y a une fourmilière de baby-sitters dans ces rassemblements. La repartie vous a coupé l'herbe sous le pied. L'argument « j'ai une vie » n'a visiblement pas franchi le seuil de leurs oreilles ; et pour cause, en quoi votre vie devrait-elle se désolidariser des « Jeunesses socialistes » ? Vous commencez à vous rendre compte que vous ne pourrez y échapper, à moins d'un tsunami en région parisienne. La statue du commandeur qui ressemble *à peine* à votre père s'adresse à vous : « Tu te dois, tu en es, tu es une figure, tu es la figure, tu es le droit moral, tu es la mémoire, tu es née dans une rose, ton visage et la rose au poing se confondent, tu pourrais être un badge accroché aux t-shirt “jeunes socialistes”. » Vous le trouvez excessif, et un rien grandiloquent. Or le commandeur est le commandeur. Puisqu'à travers vous le fantôme bat la campagne, à vous d'occuper le terrain. Piteuse, vous ouvrez votre boîte mail pour vérifier les dates et rentrer la tête basse dans l'évidence des autres. Votre agenda vous sauvera-t-il ? Votre vie parfois prend des allures de polar : comment trouver le mail, étant donné que vous ne vous souvenez plus du nom de l'envoyeur ? Militer est trop difficile. Vous êtes au bord du renoncement. Cette carrière politique que tant d'inconnus vous prédisent a fait long feu. « Quand vous lancerez-vous dans la politique ? » demandent invariablement les journalistes. Jamais, pourquoi ?

24 mars

Une interview que vous avez accepté de donner, « parce que c'est une amie qui vous l'a proposée », vient de sortir. Vous recevez des textos qui peuvent se synthétiser en « pourquoi as-tu dit ça ? ». Vous cherchez dans votre mémoire (non vous n'allez pas acheter le canard) ce que vous avez bien pu dire. À part raconter des petites anecdotes et un ton d'ensemble assez remarquable il faut le dire (c'est une amie qui l'a écrit), vous ne voyez pas ce que vous « avez dit » qui puisse blesser ou déranger. La culpabilité se réveille : pourquoi avoir parlé ? Parler c'est toujours parler trop.

Votre angoisse a été réactivée, celle de l'hémorragie de mots. Des mots que vous ne pourriez plus arrêter, qui sortiraient tout seuls de votre bouche, feraient parfois des phrases, parfois pas. Des mots à contenus, des mots contenants, des mots laids, forts, interdits, qui se répandraient en furie comme les eaux derrière le barrage. Des mots autonomes, dont vous n'auriez plus le contrôle et que vous observeriez se disperser dans un tumulte qui vous laisserait impuissante, tandis qu'il renverserait les autres, par leur brutalité, leur inattendue violence, balayant tout sur leur passage, un raz de marée verbal, dont votre bouche serait le simple support, bouche à incendie, voix organe cheval déliée du cerveau cocher – elle s'emballe, et peu à peu votre corps se vide, il ne gardait sa forme que par l'air des mots comprimés à l'intérieur qui soudain sont expulsés. Le voilà votre cauchemar. Que ça sorte. Chaque fois que des choses sont sorties, elles vous ont laissée comme morte.

Cette nuit pourtant vous ouvrez la vanne, tandis que des jeunes jouent sur les échafaudages qui encerclent votre appartement ; à deux heures du matin, vous sortez la tête de la fenêtre pour voir ce qui se passe – ça fait trois heures que vous essayez de dormir ! – et vous hurlez : « Vous avez fini oui ! », sans ajouter : « Y a des gens qui dorment » pour éviter tout amalgame avec une mauvaise série télé. Une jeune femme passe par là et, visiblement ivre, vous traite de « grosse salope » parce qu' « ils peuvent pas faire autrement, c'est trop dangereux avec la pluie », Vous ne comprenez rien à ce que visiblement elle cherche à vous expliquer et qui semble une cause juste pour laquelle il est légitime de se battre, vous lui répondez en hurlant : « Sale pute, de quoi tu te mêles » et autres insultes du même acabit, libérant une violence que vous ne saviez pas logée en vous, avec une jubilation et une vulgarité assez inédites.

Vous vouliez avoir le dernier mot, et la plus belle insulte. Après tout il était deux heures du matin, une heure où la socialisation a le droit de se mettre entre parenthèses, ainsi que votre retenue habituelle. De toute façon, personne ne pouvait vous voir, vous entendre oui, mais vous ferez profil bas vis-à-vis des voisins qui, peut-être, vous arrêteront pour vous féliciter de votre dernière interview.

25 mars, 5 heures du matin

Apparaître dans un journal, c'est toujours *faire un peu la pute*. Pour votre famille en tout cas (il est entendu que lorsque vous dites « famille », il s'agit de la famille de votre mère), l'équivalence est claire. Votre mère, sans vous le reprocher directement, laisse tomber une remarque au milieu de la conversation « de toute façon toi qui aimes tellement parler aux journalistes ». Elle aurait dû leur demander avant ce qu'ils en pensent, ceux à qui je réponds invariablement non ou que je ne rappelle pas (bon ça, ce n'est pas seulement pour les journalistes). Mais il se trouve que votre père vous a légué son héritage moral (un bien joli cadeau en partant) – à défaut de financier (il fallait bien se rattraper), et que vous avez traduit le titre juridique par « défendre sa mémoire quand l'occasion s'en présentait ». Alors, la mort dans l'âme, vous acceptez parfois de prendre la parole (ce que vous faites plus volontiers pour parler de vos livres). L'ironie de l'histoire, c'est qu'on vous demande la plupart du temps des choses que vous ignorez totalement, et que seule votre mère pourrait vous raconter. Vous vous retrouvez donc à devenir le porte-parole de votre père *et* de votre mère, celle qui va au charbon, mais à qui il est bon de rappeler qu'il n'est pas seyant de parler. Vous vous en tirez toujours par la même parade : cette faculté de ne rien dire en faisant croire que vous offrez des révélations. Au fond, ça arrange tout le monde que vous soyez celle qui attire les coups. Vous êtes le bouclier après avoir été ce qu'on cachait derrière. Votre mère ne craint pas de trahir, ça ne peut arriver qu'à vous puisque vous ouvrez votre bouche (celle qui fut cousue si longtemps). Attention, on vous surveille. C'est peut-être pour ça que vous ne prévenez jamais personne quand vous passez à la radio ou à la télévision (ça n'arrive pas non plus tous les jours), et que vous-même n'écoutez ni ne regardez – votre façon de faire l'autruche.

Le clan, vous l'avez protégé et vous continuez. Qui saura vos peines, vos doutes, vos disputes avec votre compagnon ? Personne. Rien ne doit filtrer. L'espace intérieur est sacré, vous en êtes la vestale. Près de vous, on peut se mettre à l'abri, les turpitudes demeureront secrètes, près de vous, on enfouit ses secrets dans la tombe, et peut-être sa vie.

Que se passera-t-il quand vos enfants feront le mur et dealeront du shit ? Le raconterez-vous, à vos amies, à l'école, ou penserez-vous encore les protéger en ne disant rien ? Et que protégez vous, en réalité ? Une image ? Un système ? Vous-même. Vous auriez pu grandir dans une société corse où l'omerta fait loi, vous y auriez excellé. On a trop pu vous faire confiance. Vous ne vous êtes jamais demandé pourquoi. Pourquoi devriez-vous être un réceptacle de confiance ? Pourquoi avoir accepté ce pacte qui vous lie à jamais et vous interdit de parler, de montrer, d'exulter peut-être.

Connaîtrez-vous un jour la jouissance de la trahison ?

25 mars, après dîner

Fin d'adolescence. La phrase de Céline, citée de mémoire par Nathalie Léger dans *Supplément à la vie de Barbara Loden*[1] : « Quand on est arrivé au bout de tout et que le chagrin lui-même ne répond plus, alors il faut revenir en arrière, parmi les autres, n'importe lesquels[2]. »

Vous avez entendu ce « il faut ». Mettre un pas devant l'autre, et parmi d'autres, si possible. La stratégie des animaux en danger. La stratégie de survie. Se faire machine, avant de retrouver l'autre dimension du temps. Se faire machine, avant de retrouver le sens du symbolique.

Comment en aimer d'autres, dans un quotidien qui puise votre énergie à tenir ? Quand vous rationalisez vos journées comme vous rationalisez une page blanche, tenant dans vos filets organisationnels l'angoisse qui pointe à chaque instant. Laissant peu de temps au hasard, ni au laisser-aller. Circonscrivant chaque heure pour la remplir, l'inféodant à un but quelconque, une rentabilité. Vous vous donniez des buts : les études, par exemple, étaient un secours facile. Ça vous rassurait d'être notée, on transformait vos efforts

1. P.O.L., 2012.

2. Le texte exact est : « Il y a un moment où on est tout seul quand on est arrivé au bout de tout ce qui peut vous arriver. C'est le bout du monde. Le chagrin lui-même, le vôtre, ne vous répond plus rien et il faut revenir en arrière alors parmi les hommes, n'importe lesquels. » Louis-Ferdinand Céline, in *Voyage au bout de la nuit*, Gallimard.

en une appréciation plus ou moins objective, et que vous preniez pour essentielle, valide, sans jamais remettre en cause les critères que vous aviez acceptés comme une planche de salut. Vous aviez remis votre vie entre les mains anonymes de juges impartiaux qui faisaient exister votre travail par la magie d'un chiffre. Des chiffres en lieu d'existence. Ou en témoins. Vous y mettiez du contenu, et de l'excellence. Vous vouliez croire à tout prix que l'excellence pouvait s'évaluer, et vous aviez choisi votre système de valeurs. Il était académique. Vous n'étiez pas encore pourvoyeuse de valeurs : vous n'aviez pas cette audace, cette capacité d'affirmer une existence autonome. Vous attendiez la bénédiction parce que vous n'étiez pas apte à vous la donner vous-même. Bénie par des dieux, et par l'un d'entre eux, en particulier : vous vous êtes pliée à la règle, il fallait mériter la bénédiction, et la conserver. Devenir votre propre dieu ne vous a pas traversé l'esprit.

Vous apparteniez à l'histoire d'autres, vous étiez condamnée à ne pas en avoir en propre. Vous vous êtes condamnée toute seule. Vous avez fait corps, le vôtre se desséchait, se vidait, c'était la condition pour ne pas vous séparer.

L'appel de l'extérieur s'est imposé avec violence. Mais vous n'avez jamais complètement franchi le seuil. Pour cela, il aurait fallu vous défaire des autres, ceux qui gardent la mémoire et vous enferment à l'intérieur. La porte est étroite, vous aviez tant aimé ce livre de Gide que votre père vous avait conseillé. Faut-il laisser vos parents au seuil pour entrer seule dans le canyon sinueux et abrupt de l'âge adulte ? Non, vous les voulez pour vous, grandes figures qui continuent de vous tenir la main – mais c'est pour vous empêcher de sortir.

Comment faire de la peine à ses parents si vous les aimez et s'ils vous aiment ?

Avoir des mauvaises notes ? Pas génial. Ça inquiète. Ça crée du souci. Même du souci vous n'en avez pas donné. Vous n'avez jamais été mauvaise en classe, mais vous n'avez pas non plus le souvenir d'avoir été bonne élève. Et c'était une humiliation que de ne pas avoir été la meilleure. Pourquoi ? Certainement pas pour le fantasme de la bonne élève, vous étiez comme tout le monde, un peu méprisante de l'image parfaite de la fille propre sur elle. Mais vous aviez le sentiment d'une impuissance. Peut-être de ne pas être reconnue. Peut-être de ne pas avoir de valeur. En tout cas quantifiable. Vous étiez au deuxième rang, pas très espiègle, pas grande gueule, timide peut-être, craintive de l'autorité, un peu à côté, jamais tout à fait là, ne comprenant pas exactement ce qu'on vous demandait. Dans la cour, vous étiez du côté des garçons, observant les filles bavarder comme des filles. Pas pour vous les nœuds dans les cheveux et les jupes à dentelles, les chaussures vernies et les cols ronds. On vous habillait des vêtements de vos cousins, parfois d'une jolie robe, toujours offerte par votre père, que vous portiez comme un déguisement. Avec les garçons, c'était plus simple. Pas de discussions, pas de fous rires, pas de confidences. Et puis quelques filles quand même ont fini par vous apprivoiser. C'était un soulagement de faire partie d'un groupe, si petit soit-il, d'apprendre les messes basses et les magazines, les premières idoles, le plaisir des vêtements. Vous ignoriez tout de ce monde alors. La futilité était malvenue chez vous. Non qu'on la jugeât mal, elle n'avait tout simplement pas d'existence, on l'ignorait sans même la rejeter. Vous avez toujours rêvé d'être une midinette, mais il vous aurait fallu trop d'effort pour y parvenir. Votre mère et son vélo, pas de brushing, ni de teinture, belle, grande et bien faite, mais ne s'exhibant pas aux regards des hommes. Et quels hommes ? Il n'y en avait qu'un. Dans son métier, de toute façon, elle n'était entourée que de femmes et d'homosexuels, aucun danger. Mais aucun danger n'aurait pu exister. Elle ne voyait pas. Fermée au monde, impossible à séduire, ne détestant pas la séduction, à condition d'avoir la main, offerte à un dieu, lui ayant sacrifié tous les autres possibles. Et même le possible de sa propre vie comme épouse, portant nom et alliance, s'affichant au bras de, paradant dans les sommets internationaux. Alors de bijoux elle ne portait pas, quant aux robes de gala, elle les réservait pour les vernissages de ses expositions. Elle ne sortait pas, il y avait un enfant à la maison, à élever, et que chercher dans les dîners en ville, tout était là, dans ces quelques mètres carrés, derrière la porte d'un appartement qui s'ouvrait peu sur l'extérieur. Son monde à elle, qui n'appartenait pas au monde des autres. L'intensité devait y être suffisante pour qu'elle ne se révolte pas. Ou ses révoltes avaient déjà été trop nombreuses, pour lui prouver qu'elles étaient vaines, et que toujours, elle y revenait à ce point fixe, ce centre sans circonférence, ce noyau secret, à la mesure de sa force à elle. Un destin fait sur mesure.

La question demeure : qu'auriez-vous pu faire pour les attrister ? Fuguer ? Vous scarifier ? Vous raser la tête ? Vous faire tatouer ? Sortir avec un héroïnomane ? hurler sur tous les toits « je suis la fille de... » ? Appeler la presse ? Vendre votre corps ? Vendre votre âme ? Les trahir en vous trahissant ?

Vous étiez une chose sacrée, à laquelle vous-même n'aviez pas le droit de toucher. C'est ainsi que le catholicisme interdisait le suicide : le corps ne vous appartient pas puisque c'est Dieu qui l'a créé.

Vous vous préserviez comme on soigne un trésor, vous ne pouviez pas les décevoir. Mais vous ne vous demandiez pas s'il était normal de croire qu'on peut décevoir ses parents. Après tout, on ne déçoit qu'à l'aune d'un idéal, d'une image fixe, ou d'une idée. A-t-on une idée de ses enfants ? Vous n'avez pas l'impression que ce soit le cas pour les vôtres, sans doute avez-vous des attentes, mais elles ne s'incarnent pas en quelque chose. On attend de ses enfants qu'ils se débrouillent pour être heureux. Dans l'idéal. N'est-ce donc pas ce que vos parents attendaient de vous ? Comment auriez-vous pu les décevoir ? Par quel chemin sinueux vous êtes-vous un jour convaincue que vous les décevriez en devenant vous-même. C'est-à-dire autre qu'eux. Autre que leur histoire. Autre que le monde dans lequel vous aviez grandi, dont vous aviez intégré les lois. Autre que dans leur regard plein de fierté et de joie ? Autre que parfaite ? Autre que morte ? Comment concilier la vie et l'ambition de ne point décevoir ? C'est une équation impossible à résoudre. Vous le savez aujourd'hui. Vous n'aviez clairement pas choisi la vie. Et si vous pouviez formuler des griefs, ils se retournaient invariablement contre vous. À seize ans vous vous habilliez de noir, pesiez quarante cinq kilos, et ne souriiez plus. L'explosion avait lieu, mais à l'intérieur, comme une combustion secrète qui ne condamnait personne. Vous étiez une ado, quoi. C'est normal, une ado qui ne sourit pas. Aviez-vous fini par leur donner du souci ? Sans doute. C'est même certain. Mais ils n'en parlaient pas. Pas à vous en tout cas. Faire comme si de rien n'était, n'était même plus une règle, mais une façon de vivre. Personne n'en était plus responsable. Ça vous semblait à tous *tellement* naturel.

Vous aimez bien ce titre : *Supplément à la vie de.* Vous auriez aimé un supplément de vie. Un sens, une poésie. De l'intérieur tout est tellement trivial.

26 mars

« Dernière ligne droite », titre *Libération*, plein d'optimisme, avec une photo d'un Hollande inspiré. Ça vous réconforte un instant, cette « ligne droite », la politique est un sport de patience – Hollande a prouvé qu'il en a –, encore faut-il tenir les derniers mètres. Vous préférez vous forcer à ne pas y croire, pour ne pas attirer le mauvais œil.

Tout à l'heure, une amie de vos parents (et donc la vôtre, les générations se sont toujours confondues dans votre famille) est passée boire un verre. Vous en avez profité pour mener l'enquête (de quoi se souvient-elle *exactement* ?) par la bande, de fil en aiguille, peu habituée au frontal – la « ligne droite », ça n'est pas pour vous. Mais ce n'est pas que de votre fait : tous les témoins de votre histoire rechignent à parler, comme si le secret perdurait, comme si votre père était là, quelque part, qui continuait à tirer les ficelles.

Tout le monde a intégré les règles. Et les règles demeurent. C'est un mystère que vous avez du mal à percer. L'organisation a eu raison des individus. Lui seul avait la clé. Et encore ? On ne posait pas de questions à votre père. On ne pose toujours pas de questions. On appartenait au clan ou on ne lui appartenait pas. Personne n'a remis en cause l'idée même du clan. Certains ont trahi, d'autres ont été bavards (la pire désaffection), mais tous ont accepté les places attribuées sans avoir l'idée d'en changer, quitte à transgresser. La loi du silence qui permettait à chacun de se déployer dans son espace propre. Mais pas au-delà.

Vous avez passé de nombreuses vacances à Gordes, pas loin de chez cette amie de la famille qui avait une piscine, et chez qui vos parents vous emmenaient pour déjeuner et se rafraîchir. Elle se souvient des retours dans l'avion du Glam. Votre mère qui est auvergnate, et vous en gardez les stigmates, montait sur la passerelle, son panier ou ses sacs plastique à la main. On ne découvrait qu'une fois assis le contenu des sacs :

tomates trop mûres, bouts de fromage, gratin de courgettes dans un Tupperware. Les stewards servaient alors un repas riche. Votre mère reposait ses précieux biens, qui serviraient pour le dîner, ou un autre jour – on trouve toujours comment utiliser les restes. C'est qu'il fallait vider le frigo avant de le débrancher. Votre mère mettait un jour et demi à fermer la maison, pendant que votre père et vous vaquiez à vos occupations – autrement dit ne l'aidiez pas. Nulle femme de ménage n'entrait chez vous. C'était votre antre, votre repaire. Et votre mère n'est pas femme à accepter qu'on s'occupe des tâches à sa place. Le courage doit s'éprouver, les occasions sont nombreuses pour qu'elle s'y exerce. Elle ne demandait ni gratitude ni remerciements. Mais, en échange, il fallait manger les restes pendant une semaine. Pas question de jeter de la nourriture. Un sou est un sou. « Comment s'en serait-elle sortie, si elle n'avait pas appliqué à elle-même une économie drastique », qui consiste entre autre à tremper le pain dur dans son thé le matin, plutôt que d'en acheter du frais. La date de péremption : « C'est pour les imbéciles ou les capitalistes, du marketing c'est tout. » Personne chez vous ne s'amusait à lire les étiquettes – temps perdu – et quelqu'un en est-il jamais tombé malade ?

Force est de constater que non. Aussi ne vous y fiez-vous pas vous-même. Il ne s'agit pas de créer une psychose a posteriori chez les nombreux amis qui ont été invités à votre table. Pour eux, vous faites les courses (quoique). Et d'ailleurs ils sont prévenus. Certains d'entre eux en arrivant inspectent votre frigo (et en vident la moitié). Seriez-vous en train de quémander leur indulgence en leur apprenant que votre père, tout président qu'il fût, n'en mangeait pas moins des yaourts périmés depuis une bonne semaine ? Toutes les névroses s'expliquent. Les indigestions aussi. Comme le dit votre mère, ça renforce les immunités. Vous avez répandu la thérapie auvergnate, et renforcé malgré eux des organismes qui n'en demandaient pas tant. L'avion du Glam n'avait rien pour impressionner votre mère. Il y a des principes inflexibles. Comment à votre avis les dynasties auvergnates se sont-elles implantées dans la restauration internationale ?

Il y a ainsi des êtres que rien ne transforme, ou que des conditions de vie particulières renforcent dans leur insoumission. Votre mère devait bien être la seule, dans les auréoles du pouvoir, à tenir son cap, raison pour laquelle votre père l'aimait. Quant à vous, vous n'auriez rien eu contre un bon repas de produits frais.

27 mars

Pour le moment le temps se manifeste sous forme de cycle. Cycle de campagne. Votre candidat s'essouffle, il est fatigué depuis un an qu'il chemine, harangue, résiste. L'autre retrouve une tribune et minaude, sa coquetterie n'a d'égale que son indifférence à ce qu'il profère du ton le plus convaincu du monde. Il séduit, il drague, il ment, il emballe, il triche et, toujours, il parle de lui. L'actualité le sert, il se sert de l'actualité.

Meurtres en série, tueur fou, antisémitisme, Toulouse. La mise en scène de l'arrestation a duré trente heures, trente heures d'un suspens terrible pendant lesquelles il ne s'est rien passé, ce qui ne vous a pas empêchée de surfer sur Safari entre deux heures de cours : arrêté pas arrêté ?

Puis vous rentrez chez vous : mort. Vous éprouvez un goût de mauvais film. Mauvais scénario, mauvais rôle, goût de médiocrité, goût de populisme. Et arrière-goût de peur. Quelqu'un sur votre mur a écrit : « Éveillons la psychose. » C'est ce qu'on appelle le langage performatif, « quand dire c'est faire ». Le Président aurait-il des sbires taggeurs qui cherchent les échafaudages pour écrire leurs slogans sur des murs refaits à neuf ? Ou quelqu'un cherche-t-il à vous nuire ?

Hier, une voiture de flics vous arrête parce que selon eux vous avez traversé une ligne blanche sur l'autoroute. Il est vrai que vous avez doublé une longue file immobile, mais en toute légalité. Il vous propose soit de payer 90 euros et de perdre quatre points, soit de prendre la première sortie pour refaire le chemin à l'envers et revenir sur vos pas. Vous ne comprenez pas bien l'alternative, puis saisissez qu'il s'agit d'une « punition ». Faire trois fois le tour du périphérique et vous serez sauvée. Vos enfants dorment à l'arrière, après tout ils peuvent attendre pour goûter. Vous ignoriez que le code civil proposait des colles en guise de contraventions. L'impunité se double d'infantilisation. Vous avez le choix entre la psychose ou le jardin d'enfants. Finalement vous jouez à l'idiote, ce qui marche tout aussi bien. De guerre lasse, il vous fout la paix. Vous vous dites que, peut-être, vous allez rappeler les jeunes socialistes. Il faut changer le pays *et son père.*

28 mars

Enregistrement de l'interview de Claude Chirac. Étonnante rencontre avec votre collègue en filiation. Y a-t-il un profil type des filles de président ? Certains points communs porteraient à le croire. Et, parmi eux, le pronom personnel. Vous avez eu beau jeu de lui faire remarquer qu'elle ne parlait jamais pour elle-même, ce qui l'empêche manifestement de revendiquer quoi que ce soit. À tel point qu'à l'issue de l'entretien, elle s'est exclamée : « Mais ceci n'a aucun intérêt ! », vous faisant promettre de ne pas le passer, si c'était également votre sentiment. Précisant qu'elle n'a aucun ego, et qu'elle ne verrait rien contre le fait qu'on jette la bobine. Ça vous a fait sourire.

Avant ça, elle s'est « autorisée », selon ses propres termes, à parler de sa sœur malade, puisque sa mère a ouvert le bal dans son livre d'entretien. « Autorisée » : mais c'est votre sœur ! Pourquoi ne pas dire une douleur légitime ? La seule souffrance, la vraie, la grande, ne pouvait appartenir qu'à sa mère. Quant à elle-même, la douleur devait être tue, à tel point qu'elle finit par ne plus l'éprouver. Éprouver, c'est exister un peu.

À l'ombre d'une sœur malade, a-t-on le droit

d'exister ? À l'ombre d'un homme politique, en vue, et en fonction, a-t-on le droit d'exister ? Notre existence dérange les systèmes. Alors on s'y range, et l'on finit par travailler pour son père, et faire de la communication. La communication est la forme contemporaine du silence. Le tour est joué.

Vous avez de la sympathie pour elle. Vous lui demandez si elle a pu se permettre de faire de « grosses conneries », elle vous répond « non, pas vraiment », cherchant quand même. Vous donnez des exemples : « faire le mur », elle vous répond : « Mais ça, c'est le b.a.ba, bien sûr que j'ai fait le mur. » Finalement, elle a mis la barre plus haut que vous.

28 mars, 21 h 30

Coup de fil en plein dîner. Votre meilleure amie travaille pour une boîte de production qui fabrique des documentaires pour la télévision. L'un d'eux vous est consacré. Vous avez refusé d'y participer. Quant à ceux de votre entourage proche, ils sont tout aussi réticents. Quelques-uns cependant acceptent, pour ne pas laisser la parole qu'aux « seconds couteaux », et peut-être parce que ça leur plaît, ce qui permet au film de voir le jour. Elle vous appelle parce que son collègue doute d'une information. Ce dernier n'ose plus vous téléphoner, ayant compris que vous ne lui répondiez pas de gaieté de cœur et que ce documentaire vous irritait. Il vous a quand même proposé de venir « en plateau » pour discuter après diffusion de cette histoire formidable et de ce bel amour que vous avez eu pour votre père. Vous vous êtes demandé s'il était à même de comprendre les fins de non-recevoir pourtant assez claires que vous lui aviez transmises. Il ne semble pas venir à l'esprit d'un homme de télévision qu'on n'ait pas envie d'y passer. Vous vous imaginez en face de ce journaliste à la belle gueule, enfilant les anecdotes, des sourires et des trémolos dans la voix. Héroïne pour un soir d'un conte fleur bleue à un million de téléspectateurs. Voilà à quoi on voudrait vous réduire, avec la meilleure intention du monde. Vous appartenez aux Français, vous appartenez aux journalistes, vous appartenez aux faiseurs d'histoires. Comment pouvez-vous rechigner ? Tout serait tellement plus simple si vous alliez vous raconter, la petite souris dans les coulisses du pouvoir, version intime du grand homme, photos de famille à l'appui. Et accroître leur audimat.

Pourquoi laisseriez-vous les autres s'emparer de votre vie ? Leur faire ce cadeau, et offrir en prime un visage maquillé et un moment de confidences – cette intimité en vase ouvert, en verre brisé, partagée avec ces suceurs de moelle, et les travailleurs fatigués à qui on vend du rêve. Et des mensonges.

Le collègue de votre amie a visionné l'interview du fils de Madeleine Séchan. Elle fut une amie de vos parents et partageait votre table dans le Sud, qu'elle habitait. La légende veut qu'elle ait « accouché » votre mère, ce dont vous doutez. Et la légende se ramifie, puisque son fils témoigne que votre mère a accouché dans sa maison de Gordes. À quel moment les récits de famille se transforment-ils pour adopter des formes subjectives et mythologiques qui ne ressemblent plus en rien avec une vérité factuelle ?

Votre mère ne s'est pas calfeutrée dans une petite maison pour y donner vie à l'objet illicite, dans une hygiène déplorable, et les cris de douleur que personne n'aurait pu entendre puisqu'on aurait pris soin de fermer les volets et d'isoler les pièces, cachant au monde le bébé violacé dont les cris, déjà en auraient perturbé l'ordre. Elle n'a pas coupé le cordon ombilical avec ses dents, ni recousu avec une aiguille chauffée au briquet, les blessures que votre corps avait pu infliger au sien. Elle ne s'est pas saisi d'une bouteille d'alcool à quatre-vingt-dix degrés pour nettoyer le sang, ni d'une lingette à l'eau de Javel pour laver le sol, où des tâches auraient témoigné du forfait. Elle n'a pas mis sa main devant votre bouche pour vous faire taire, évitant d'attirer la curiosité des voisins. Votre mère s'est rendue très naturellement dans une clinique d'Avignon, pour, aidée de sages-femmes, vivre le seul accouchement de sa vie. Certes, elle a refusé la péridurale, mais accepté de se faire aider dans son immense fatigue. Sa sœur l'a veillée, et invitée à se reposer chez elle, à quelques kilomètres d'Avignon. Son père est venue la voir. Pas le vôtre. Mais cela est une autre histoire. C'est votre tante qui l'a prévenu au téléphone. Il lui était impossible d'exprimer sa joie. Sans doute y avait-il quelqu'un à côté de lui.

Voilà entre autres pourquoi vous ne regarderez pas

ce film (même si l'interview de ce témoin « direct » que vous ne vous rappelez pas avoir jamais rencontré sera finalement coupée).

29 mars

Ce matin, vous interrogiez Boris Cyrulnik, toujours sur l'enfance. Il a connu un autre type d'enfermement : la claustration à cinq ans dans une famille qui l'a caché. Sans parler pendant des jours, sans lire puisqu'il n'avait pas appris, sans famille elle avait été déportée, sans bruit il ne fallait pas être entendu. Il est donc devenu autiste, pendant ces années de petite enfance. Comme Appelfeld, dont l'ouvrage autobiographique *Histoire d'une vie*[1], est l'un de vos livres de chevet (vous l'avez interviewé dans le cadre d'un documentaire que vous avez écrit sur la littérature israélienne), et qui a vécu caché dans la forêt pendant quatre ans après s'être échappé du camp où il avait été emprisonné. « Durant la guerre je ne fus pas moi. Je ressemblais à un petit animal qui possède un terrier ou, plus exactement plusieurs terriers. Les pensées et les sentiments avaient rétréci. » Quatre ans de silence, où désormais s'abîme sa mémoire. Vos histoires intimes vous semblent en regard de la leur sans intérêt. Et votre souffrance, bien contestable. Pourtant, si un gouffre vous sépare, vous parvenez à le comprendre. Son livre est en fait le récit

1. Éditions de l'Olivier, 2004.

de sa lutte entre l'oubli et les « forces ténébreuses » qui ne demandent qu'à rejaillir. « Les pages qui suivent sont des fragments de mémoire et de contemplation. La mémoire est fuyante et sélective, elle produit ce qu'elle choisit. [...] Tout comme le rêve, la mémoire tente de donner aux événements une signification. » L'enfant n'avait plus accès à la parole – seul, errant, les siens étant morts, sa culture ayant été engloutie, les cadavres ayant jonché ses pas, l'enfant n'avait plus accès à sa langue maternelle. Mais sa langue maternelle était aussi celle des assassins de sa mère. « Une grande part est perdue, une autre a été dévorée par l'oubli. Ce qui restait semblait n'être rien, sur le moment, et pourtant, fragment après fragment, j'ai senti que ce n'étaient pas seulement les années qui les unissaient, mais aussi une forme de sens », écrit-il désormais en hébreu, la langue nouvelle, qu'il dut apprendre, contraint et forcé, sur le nouveau continent qui allait l'accueillir, dans un pays en jachère, comme lui.

Mais la question demeure, en n'importe quelle langue : « Pourquoi et à quelle fin suis-je resté seul ? »

30 mars

« Faire le mur ». D'où vient cette étrange expression ? Au fond, vous en avez fait des murs, autour de vous, des forteresses même, mais vous les avez érigées pour vous séquestrer, pas pour les escalader. Vous n'avez pas été tentée de savoir ce qu'il y avait derrière. Un jour, on vous a poussée dehors, mais ce n'était pas de votre fait. Vous êtes encore en phase d'adaptation, ça vous prendra sans doute une vie. Avant de trouver les murs du cimetière, mais là, vous êtes sûre d'être en terrain conquis.

31 mars

Vous avez trop aimé votre père. Vous avez parfois l'impression d'être lui, en petit, en différent, mais une âme commune vous réunit. Vous n'ignorez pas que, pour tous les enfants, les parents sont des rois et des reines, des gens parfaits, de hauts personnages. Et que l'adolescence est faite pour leur redonner dimension humaine. Vous n'avez pas de chance. S'il n'était pas parfait, votre père était bien roi et haut personnage, encore aujourd'hui vous continuez de le voir rayonner à la télévision et toute comparaison est à son avantage. Les autres vous le confirment, ceux qui l'ont connu vous parlent toujours de lui des trémolos dans la voix, leur admiration ne faiblit pas. Vous avez connu les années difficiles des droits d'inventaire en tous genres, pourtant le fait est là, il demeure comme un phare dans le souvenir collectif, comme un ennemi parfois, mais c'est qu'il est bien vivant. Vous peinez à lui rendre sa forme humaine, même si, de lui, vous n'avez connu que cela. Et pour ne pas arranger les choses, il était doux, bon avec vous, indéfectiblement aimant, d'une tolérance parfaite, présent, joueur, complice. Vous cherchez la faille sans la trouver. Vous pourriez vous dire : « Il m'a aimée, peut-être trop, son sens critique ne s'est pas exercé contre moi », mais il vous a aussi cachée. Vous répondez aussitôt : « Après plus de trente ans dans l'opposition, une vie guidée par l'ambition unique de devenir ce qu'il fut pendant quatorze ans, pourquoi mettre en péril la construction d'un destin ? » Il ne vous négligeait pas pour autant. Vous méprisez ceux qui choisissent leur vie privée contre leur œuvre. Encore une fois, vous faites corps, même si quelque chose de vous a été sacrifié dans ce système mis en place pour que tout soit possible, même les contraires. Vous lui donnez raison. Qui ne le ferait pas ? Sans doute vous en aurait-il voulu d'abandonner son combat de longue date pour élever un enfant. Et ne vous a-t-il pas élevée aussi bien que d'autres pères, sinon mieux ? Sa première preuve d'amour fut de vous concevoir, mettant en danger le fragile équilibre de la victoire. Il sut obtenir les deux, la victoire et l'enfant. Vous admirez cette capacité à multiplier les vies sans renoncer à aucune. Vous oubliez que vous ne faites partie que de l'une d'entre elles.

Vous vous souvenez alors de ce jour où l'on vous emportait à l'hôpital après une chute de cheval, et qu'il se sentit lui-même prisonnier du secret, ne pouvant vous rendre visite ; il avait arrangé les choses, une fois de plus, en vous faisant transférer au Val-de-Grâce. Et de cet autre jour où les résultats de votre concours tombaient. Vous étiez dans l'enceinte de l'École, attendant votre nom. Vous le deviniez immobile dans son bureau, transi d'impatience et d'inquiétude, et son désir d'être à vos côtés. Il avait rendu ce plaisir impossible. Quand il apprit que vous étiez reçue, il rayonna toute la journée, aux dires de sa proche collaboratrice, qui fut néanmoins chargée d'appeler l'École normale supérieure pour s'assurer qu'il ne s'agissait pas d'une erreur. Tenir le secret lui devenait de plus en plus impossible : il voulait dire, claironner, chanter sur tous les toits que sa fille était normalienne et que, s'il regrettait une chose dans sa vie, c'est de ne pas avoir passé ce concours. Il était fier, comme un père peut l'être. Mais comment exprimer sa fierté de père quand on n'est pas censé avoir d'enfant ? Alors il a commencé à parler. Les personnes au courant se sont multipliées. Il ne racontait rien, mais ne pouvait s'empêcher de dire : « J'ai, très proche de moi, une jeune normalienne », « Dans mon entourage proche, il y a des normaliens », « Je connais une jeune fille dont je suis très proche, qui vient d'avoir Normale », et autres périphrases dont le sens n'échappait à personne. Avec vous, il fut moins prolixe. Certes son visage était illuminé, et sa main sèche ne cessait de prendre la vôtre. Vous reconnaissiez les signes de la joie. Vous-même aviez désappris à être démonstrative. Cela vous reprenait parfois. Dans le cas présent, vous ne manifestiez qu'un soulagement. Vous étiez épuisée, dégoûtée un peu par cet exercice de formatage et de contrainte extrême, que vous vous étiez volontiers imposé. En révolte contre vous-même, mais consciente que vous continueriez dans cette voie des concours et des hautes études. Ça colmatait un peu vos brèches égotistes. Ça faisait plaisir à vos parents. Ça vous ouvrait un monde dans lequel vous étiez enfin légitime. Pourtant, à peine avez-vous été admise en lettres, que vous avez voulu changer de département. On a refusé de vous inscrire en philosophie. La bataille recommençait. Il vous manquait des années d'études, il vous fallait encore prouver que vous étiez capable. Vous avez passé l'agrégation en candidat libre. Pourquoi vous déplacez-vous dès que vous obtenez une place ? C'est une question à laquelle vous ne pouvez répondre. Et lorsque votre nom a résonné dans l'amphithéâtre majestueux de la Sorbonne, votre père n'était plus là pour faire appeler sa collaboratrice afin de s'assurer qu'il ne s'agissait pas d'une erreur. Votre victoire perdait de sa saveur, elle rendait fière votre mère, heureusement, pour le reste, vous en aviez fini avec les concours. Ce n'est pas que vous n'aviez plus rien à prouver, mais plus personne à qui faire plaisir.

Pourtant vous avez continué à chercher à lui faire plaisir au lieu de vous mettre en quête du vôtre. Rarement vous avez transgressé la confiance qui vous unissait. Ce pacte du sang qui vous tient encore. Vous avez l'impression d'avoir été libre, d'avoir construit et fait ce que vous vouliez, malgré l'avis des autres, malgré leurs critiques, malgré les embûches de toutes parts. Sans doute vous êtes-vous illusionnée. Car ce que vous vouliez, vous étiez deux à le vouloir, et il vous serait difficile de faire la part entre vos deux désirs. Ou plutôt entre le désir de l'un et la volonté de l'autre – de la volonté, vous n'en avez jamais manqué, mais de désir...

Vous n'êtes plus deux depuis que vous avez des enfants. Votre amour inconditionnel s'est déplacé. Vous êtes passée de fille à mère, et vous vous demandez parfois si vous avez jamais été totalement femme.

Est-il trop tard ? N'est-ce pas votre malédiction que d'avoir considéré qu'il était toujours trop tard ? ou votre faute ? Ce poids, sur vos épaules, vous ne saviez comment vous en dégager, aussi l'avez-vous pris comme un destin. Vous étiez lâche, sans doute, ou trop petite. Aujourd'hui que vous envisagez le temps à l'envers, vous commencez à supposer qu'on peut invertir le passé, en changer non pas le cours mais le sens. Il vous détermine aujourd'hui, peut-être un jour parviendrez-vous à le déterminer. Or ce jour vous semble loin, dans un temps qui n'est pas le vôtre.

1er avril !

Votre existence n'a pas seulement dérangé le système, elle a dérangé les « contribuables », qui continuent de vous invectiver sur les sites communautaires : vous avez coûté de l'argent. Au même titre que les autres enfants de président (voire les enfants de leurs compagnes respectives), mais vous, vous y aviez moins droit. Et vous seriez tentée de leur donner raison. L'illégitimité s'étend sur tous les fronts. Un enfant hors mariage vaut moins sur le marché qu'un enfant qui porte haut et fort le nom. Et il le sait. Il apprend vite à ne rien demander, à moins qu'il fasse de sa vie une revendication constante. Vous avez à répondre de votre naissance, de votre secret, et du vol que manifestement vous constituez. Autrement dit vous avez à répondre de vous-même, puisque vous êtes ce secret, puisque vous êtes ce vol. Les verbes transitifs n'ont chez vous aucune fonction. Vous les substantialisez aussitôt, pour les désactiver. Vous étiez condamnée à l'intransitivité, rien ne pouvait sortir de vous, objet clos sur lui-même. Vous êtes tentée de vous offrir en sacrifice pour satisfaire les mécontents, mais comment faire sans donner l'impression d'un coup de marketing. Vous avez eu le toupet de vous offrir à la lapidation. Quelle indécence ! Répondre par les coups ne vous a jusque-là pas effleuré – mais tiens, c'est une idée. Finalement vous étiez mieux entre vos quatre murs. Le danger rôdait autour.

Elliot : Mme Pingeot je serai a votre place je me ferai discrete car baucoup de personnes n'ont pas apprecier que votre pere vous ai elevée sur le compte de l'etat et l'état c'est nous c'est a dire les contribuables je sais que d'autres personnes ne seront pas de mon avis mais c'est le mien

Elliot : eh bien non ca ne me plait pas le sujet n'est pas de parler de pierre jean et les autres mais de Mme Pingeot tout comme je n'etais pas d'accord quand le fils de Mr Sarkozy pierre a été rapatrier pour un simple embaras gastrique puis je vous rappeler la note de frais 44 000 euros si vous etes content de payer pour eux tant mieux pour vous moi non

Ginou : tout à fait d'accord avec elliot, mazarine pingeot a couté cher aux contribuables alors qu'elle se fasse discrète

Hobbylucy34 : Tout à fait d'accord avec Elliot, Berna33 et Ginou – je doute fort que Cahouete accepte que les enfants hors mariage de son mari soient élevés avec l'argent du ménage

Les autres enfants dont elle parle sont légitimes et pas cachés comme pingeot car on parle d'elle mais il ne faut oublier sa mère également et encore on ne sait pas tout

Vichnette : non mais vraiment les commentaires... raz les pâquerettes ! Que vous soyez de gauche ou de droite le propos est-il vraiment là ? Ce qui me choque, moi, mais qui visiblement vous a échappé, c'est qu'elle bénéficie des allocations familiales dont elle ignore le montant (une goutte d'eau dans son budget). Je suis de gauche, mais quand on défend les plus faibles on se doit de respecter les minimas sociaux. Si cela représente une « pécadille » autan les reverser à une association. Je vous assure que les plus démunis, eux savent précisément le montant des AF, car souvent ils n'ont que ça pour vivre. Alors attention à vos propos dans les médias !!!

Vous ne sauriez suggérer à Elliot d'acheter un Bescherelle, il risquerait de mal le prendre. Quant au message, il a un goût de déjà-vu : se faire discrète.

Elliot est un grand psychologue, il sait qu'un enfant caché doit se taire et que, une fois visible, il doit encore se taire. Se taire fait partie de l'essence de l'enfant caché. Caché un jour, caché toujours.

La discrétion sied à l'objet du scandale : déjà, il est né, il ne va pas en plus parler. Discrétion, raser les murs, ou s'y enfermer à nouveau, tel est le destin légitime de l'enfant qui toute son enfance a appliqué à la lettre le règlement, et pour qui le règlement semble perdurer, du moins est-ce l'injonction extérieure. On ne vous veut pas parmi nous. Ce n'est pas un jugement sur des actes, c'est un jugement d'existence. Votre existence doit être condamnée, tenez-le-vous pour dit, et soyez cohérente : fermez votre gueule. Votre existence est comparée à un embarras gastrique, et c'est là une métaphore fort bien trouvée.

Le deuxième volet de l'affaire, ce sont les allocations familiales. Non seulement vous êtes née, mais vous vous êtes reproduite. Vous avez dérogé à toutes les convenances. Et vous bénéficiez encore de cet argent de l'État que vous avez déjà suffisamment spolié. Peut-être que si vous aviez fait partie des « plus démunis », vous excuserait-on un peu. Vous manquez à votre rôle de victime, reversez donc vos salaires et vos allocations aux autres, vous commencerez alors à payer votre dette. L'équation est imparable. Si vous l'aviez oubliée, les autres se chargeront de vous le rappeler.

Répondre de vous-même, c'est répondre de votre père. Et votre père, vous le défendrez toujours. Vous défendrez celui qui n'a pas choisi, qui n'a pas vu, qui a cru que son enfant s'épanouissait dans sa prison. Vous défendrez celui qui vous a empêchée de vous défendre vous-même.

Parce que vous l'aimez.

Ou parce que vous avez peur de sortir de prison.

2 avril

On vous dit qu'un nouveau livre va sortir sur votre père – *Mitterrand euthanasié ?* Un titre de ce genre qui en dit long. Un de ces « coups d'édition » qui n'a aucune espèce d'intérêt, mais qui vient vous emmerder au moment où vous souhaitez être tranquille.

Rhinite, allergie, crève. Voilà l'effet de cette nouvelle sur vous. Plus envie de travailler, de préparer les cours, la voix qui s'éteint, une espèce de lourdeur et de tristesse, le corps se manifeste à vous dans son pouvoir d'extinction.

Au moins, à la différence de votre père, serez-vous épargnée par la danse des médecins qui s'affrontent pour obtenir la première place : chacun y allait de sa chorégraphie et votre père observait, chef de tribu et victime expiatoire de l'ambition chevronnée d'hommes qui avaient pourtant adhéré au serment d'Hippocrate. Mais le pouvoir démultiplie le corps : c'est bien connu, le corps du roi appartient à la nation, et non pas à lui-même. La dépossession ne s'en tient pas là : ce corps a appartenu à six ou sept médecins qui, dans une optique très peu socialiste, l'ont privatisé à l'usage d'une gloire personnelle.

Votre père, adepte de la mythologie égyptienne, rejoignit donc le destin d'Osiris. Mais voilà : il est dit que le martyre d'Osiris lui valut de gagner le monde de l'au-delà, et d'en devenir le souverain : la danse totémique des docteurs en médecine rentrait donc dans une logique toute-puissante dont ils ne furent que les pantins. Vous savez gré à ceux qui ont soigné votre père d'avoir joué à la perfection leur rôle, attestant la communauté de destin de ces deux rois, qui là-haut, se disputent probablement le pouvoir, à moins qu'ils n'aient fait alliance pour magnifier leurs corps glorieux, *amen*.

Votre père a tenu bon contre tous ses médecins (et aussi ses familles) pour partir en Égypte une semaine avant sa mort. C'était leur faire un pied de nez qu'ils n'ont pas compris. S'ils lisent ces phrases, ils sauront qu'ils se sont fait avoir. Hôtel Old Cataract, chambre qui donne sur le Nil : il s'allongeait sur une chaise longue pour faire ses adieux à son paysage et peut-être ses présentations au royaume des forces de l'esprit. Déjà son corps l'avait un peu quitté, votre mère en fut le seul témoin, infirmière de jour comme de nuit, des lunettes noires pour cacher ses cernes (et ses larmes ?). Sur les collines de sable qui annoncent le désert, devant le fleuve jalonné de temples, la mort prend un autre visage. Vous en avez fait l'expérience, vous qui, comme les autres, ne souhaitiez pas entreprendre un tel voyage, parce que les valises étaient lourdes de médicaments.

Mais vous avez changé d'avis. Là-bas, votre père a connu la résurrection : vous vous êtes comme lui réconciliée avec l'idée de sa mort. Non qu'elle ne vous ait surprise, le jour où elle est vraiment survenue. Au moins avait-elle déposé son côté scandaleux dans le fleuve des morts pour y abandonner des germes de vie. Vous avez ensemble éprouvé une expérience mystique à nulle autre pareille, en même temps que des paparazzi photographiaient l'agonie.

Vous pourrez même clore la série d'albums que votre père consciencieusement légendait, pour garder la mémoire de votre vie à trois, par l'image de son corps sur son lit de mort. Fin de la jeunesse. Dernier arrêt, tout le monde descend. La mort n'a plus d'intimité, son visage est offert à tous. Mais n'était-ce pas la malédiction de Janus qui pesa sur votre enfance ? Votre père et l'homme pour les autres : pourtant, ce président sur son lit mortuaire, c'était bien votre père : ce corps vu par les lecteurs de *Paris Match*, vous ne le toucheriez plus, et peut-être fut-ce cela, votre seul privilège, embrasser le bout de son nez et lui tenir la main. S'il appartient à tous les Français, peu peuvent se revendiquer de ces gestes de communion. Le corps du roi fut le corps de votre père, la nation a trouvé à s'incarner autrement, vous avez perdu la possibilité de triturer le lobe de son oreille. Désormais, comme tous les autres, vous pouvez le voir à la télévision.

Mais votre corps à vous se souvient.

4 avril

Lors de la remise du prix des Lilas, décerné à une écrivaine que vous admirez, vous vous faites piéger par « Le Petit Journal ». C'était attendu, vous voyez mal comment vous auriez pu échapper tout au long de la campagne à la bévue, accrochée au bord de vos lèvres et qui n'attendait qu'à sortir. Toute personne normalement constituée fuit une caméra sur laquelle est inscrit *Petit Journal*. Certes, vous vous en êtes rendu compte trop tard. Mais on peut dire néanmoins que vous vous êtes jetée dans la gueule du loup. Le journaliste vous pose quelques questions sur le prix, auxquelles vous répondez classiquement, bonne élève qui sait parler littérature même après cinq coupes de champagne. Puis il vous demande si « vous pouvez citer (ainsi formule-t-il la question comme si elle relevait d'un défi, et il ne croyait pas si bien faire) deux femmes de l'UMP ». Vous mettez un quart d'heure à répondre, au lieu de couper court. Il en est ainsi de votre mémoire, lorsqu'elle est provoquée à un instant crucial, elle se dérobe. Puis vient la même question sur deux femmes du PS. Et là, le blanc, le black-out, la paralysie. Si on vous demandait aujourd'hui d'en citer dix, vous vous exécuteriez sans une once d'hésitation.

Mais ce soir-là : impossible de trouver un seul nom. Ou plutôt, vous citez sans réfléchir Anne Hidalgo (pourquoi pourquoi pourquoi elle plutôt qu'une autre, aucune idée) ; et puis vous restez sèche. Comme si vous n'aviez pas passé quelques heures dans le bureau de Martine Aubry six mois auparavant, ni salué Ségolène Royal en la croisant à un meeting. Comme si vous n'aviez pas un an auparavant pris le train Paris-Angoulême avec elles deux, puis le bus, puis bras dessus bras dessous marché le long des allées du cimetière de Jarnac. Comme si vous n'aviez pas fait votre scolarité dans le même lycée que Delphine Batho.

Mais non. Votre amnésie a choisi ce moment, cette caméra, cette émission qui n'a pas vraiment pour pratique de grandir ses interviewés, pour vous montrer telle que vous êtes : une écervelée amnésique (amnistique ?) qui a pour toute fibre politique la fibre paternelle.

Était-ce votre façon de lui répondre qu'il n'est pas de gênes en ce domaine ? D'abord, qui interrogeait-il ? Vous, ou le porte-parole d'un fantôme ?

Vous attendez vaguement inquiète que votre humiliation soit rendue publique. Au fond elle vous fait rire, mais vous savez de source sûre qu'elle fera moins rire les cadors du PS. Pourquoi même vos trous de mémoire doivent-ils faire sens ? Ne peut-on vous laisser oublier tranquillement ? Et boire plus que de raison à une fête open bar ?

Un peu de tenue enfin, vous êtes la « fille du Président », nous sommes en période électorale et l'heure est grave. Que cherchez-vous ? Tout foutre en l'air ?

Encore une petite coupe et vous y serez presque. Quelle épopée.

Et quelle gueule de bois.

5 avril

Vous passez la journée à ranger les livres reliés de votre père. C'est Danielle, votre belle-mère, qui vous avait appelée quelques mois avant sa mort pour que vous veniez chercher les cartons qui vous revenaient, selon les souhaits de son mari. Ce qui vous a permis de passer une demi-heure avec elle, rue de Bièvre, à échanger des photos d'enfants et des petits-enfants. Aujourd'hui, vous regrettez de ne pas l'avoir plus questionnée. Il faut dire qu'elle n'était pas seule, et que vous n'avez jamais envisagé la possibilité de lui parler *pour de vrai*. Les rôles étaient maintenus et parfaitement interprétés. Bienveillance de part et d'autre, actrices et parties prenantes d'une histoire qui vous dépassait, malgré la disparition du personnage principal. Aucune question ne fut posée, si ce n'est sur la descendance, une descendance reliée par le haut de la pyramide, mais séparée par les femmes. Vous étiez chez elle (chez lui), la fille de votre père, son mari, vous appartenez à la grande famille, et de ce fait acceptée, puisque l'idée de la grande famille vous précédait toutes les deux, vous englobait, vous réduisait à votre partition.

Parler de femme à femme, d'individu à individu était inenvisageable. Vous le saviez l'une comme l'autre. Vous obéissiez. Vous le regrettez aujourd'hui, mais il n'est pas dit que vous auriez plus d'audace si vous aviez la possibilité de vous retrouver à nouveau en face d'elle. Vous soupçonnez même que rien ne changerait.

Vous êtes donc repartie, les cartons dans le coffre de la Polo. Vous avez mis trois mois à les ouvrir. Puis huit à les ranger. Il vous faut pour cela sacrifier votre propre bibliothèque, car des livres reliés constituent un volume supérieur aux éditions que vous leur préférez, des éditions banales, qui appellent au maniement, au cornage de page, au soulignage et pourquoi pas aux notes, critiques, exaspérations ou enthousiasmes griffonnés dans la marge.

Mais c'est votre héritage. Il s'impose à vous, lourd, encombrant. Vos doigts sont noirs de poussière (occasion inespérée de faire le ménage), vous refermez les cartons sur vos lectures de jeunesse, pour les remplacer par la collection complète d'Anatole France. Oui. Anatole France, cet auteur dont vous êtes à peu près sûre que vous n'ouvrirez jamais un seul livre (de toute façon intransportable dans son édition rouge et or de trois kilos le volume). Le patrimoine s'invite sur vos rayonnages, et un patrimoine habillé de telle sorte qu'il engage plutôt à la contemplation du dos de la couverture qu'à la lecture. Et il est vrai qu'Anatole France est plutôt seyant, il met de la couleur dans votre salon. Vous n'imaginiez pas que cet auteur avait autant écrit, vous êtes tentée de le regretter. Il n'en va pas de même de Stendhal, écrivain chéri par-dessus tout, mais enfin lui aussi avait une certaine tendance à la prolixité, qui s'avère dans les circonstances actuelles un sévère défaut. Stendhal ne pensait pas, en écrivant, aux linéaires de bibliothèque dont il faudrait disposer. Il ignorait que l'immobilier flamberait à Paris, que la place se ferait rare, et que la littérature ne s'arrêterait pas après lui. Peut-être au fond était-il visionnaire, déjà dans l'espoir de la mise au jour du format électronique, dans cette anticipation de l'iPad remplaçant le papier. Peut-être a-t-il rêvé qu'il pèserait un jour quelques Ko sur un ordinateur portable, et que la littérature n'aurait plus besoin de support, appartenant déjà au royaume de l'esprit ? Votre père, lui, visiblement ne l'était pas : au lieu de penser à l'économie du papier, il a fait customiser ses livres pour les sacraliser. C'est ce caractère sacré qui vous contraint aujourd'hui à balancer vos poches : peut-on avoir une autre attitude face au sacré ? Auriez vous été prête à remiser les livres de votre père, les vendre, les donner ? Il a exprimé la volonté que ces livres vous reviennent. Que faire contre la volonté d'un mort ? Sinon tapisser tous vos murs de bibliothèque jusqu'à en étouffer. Vous avez l'impression, en rentrant chez vous, de pénétrer le sanctuaire de la bibliothèque Sainte-Geneviève, où vous avez passé tant d'heures à réviser Gérard Genette. Il ne vous reste plus qu'à relire Genette, ça ne vous ferait pas de mal, vous avez tout oublié. Et ce n'est que justice au nom de votre mémoire, d'avoir oublié Genette au même titre que votre enfance. Il serait dérisoire de pouvoir réciter par cœur *Mimologiques : voyage en Cratylie* ou *Palimpseste : la littérature au second degré*, et d'être infoutue de retrouver un seul souvenir en deçà de vos dix ans. Pourtant, il y eut une époque de votre vie, où vous compreniez mieux le langage de la diégèse et de la métalepse, que celui des émotions. Rien de tel que l'intradiégétique pour contourner l'angoisse. C'est bien ce qui vous paraît angoissant aujourd'hui.

Votre salon est un champ de guerre, mais vous avez de beaux livres aux murs, comme d'autres y accrochent des tableaux. Des livres morts, que vous n'ouvrirez pas. Des livres que votre père a pourtant caressés, rangés alphabétiquement, des heures durant – son plaisir. Ça vous a pris une journée. Il n'est pas dit que vous n'auriez pas préféré faire autre chose. Mais vous êtes l'héritière intellectuelle, il faut tenir son rang.

6 avril

Et d'ailleurs, d'aucuns vous rappellent à l'ordre : vous avez traité Sarkozy de vulgaire dans un journal. Crime de lèse-majesté. C'est tout de même un président ! Et puis de quel droit ? Que le Fouquet's soit devenu le symbole de la République est apparemment une histoire enterrée, qu'il se revendique le président du Peuple ne fait plus rire personne, qu'il se plaigne auprès d'une agricultrice de faire un métier aussi difficile que le sien sans pour autant posséder trente-cinq hectares passe pour un banal échange entre concitoyens. OK, vous retirez l'adjectif « vulgaire ». Ce n'est pas politique. On attendait de vous que vous livriez une analyse aiguë de la situation internationale et économique de la France. On attend de vous que vous soyez à la hauteur. Maudite campagne électorale où la parole est annexée par les attentes, le devoir, la responsabilité.

Vous aimeriez que votre voix ne signifie rien, vous aimeriez vous neutraliser, vous aimeriez qu'on vous foute la paix. Vous aimeriez que votre voix soit la vôtre, un point c'est tout. Mais vous ne vous faites pas d'illusions. Un mois à tenir. Un mois à se tenir. C'est le retour du refoulé, le retour de la haine, le retour de la violence. Toute campagne est un défouloir, à l'intérieur duquel chaque candidat doit pourtant retenir la parole. Les insultes que vous recevez par la poste ne sont qu'un effet collatéral sans conséquence, vous imaginez ce que vivent les candidats (mais enfin, eux, ils ont choisi). Vous êtes un peu en colère. C'est qu'on continue de vous prendre pour une excroissance de votre père, avec les meilleures intentions du monde ou les pires, dans les deux cas, vous êtes réduite à une verrue, et les verrues, on les brûle.

Retournez à l'extradiégétique et à l'homodiégétique, c'est un langage qui ne peut pas faire de mal, personne ne vous reprendra : à moins qu'un fou (et il en existe, vous avez une petite collection de lettres qui en atteste) vous invective pour avoir bafoué l'univers spatio-temporel désigné par le récit – on ne joue pas avec ça. L'architexte alors ne vous protégera plus.

Post-scriptum

« Les ors de la République. » La première fois que vous avez entendu cette expression, vous avez cherché à vous rappeler la couleur des murs : ils étaient orange pisse, avant qu'on n'enlève le papier fibreux pour laisser les murs blancs. Ça ressemblait à ça, cette nouvelle couleur, or-de-la-République ? La République avait mauvais goût. Peut-être les murs étaient-ils creux, et dissimulaient-ils des bijoux de reines guillotinées ? ou encore des coffres repêchés dans les profondeurs de l'océan Indien ? Des parures de princesses, comme celles que vous voyiez parfois à côté de votre père, lors de sommets internationaux ?

Vous avez souvent tenté de découvrir, petite, où se trouvaient ces trésors. Il n'y en avait pas. Vous avez cherché, en vain, cette cuiller en argent dont on vous garantissait que vous étiez née avec à la bouche.

Des *ors de la République*, vous n'en verriez jamais la couleur.

Des affaires de votre père, il ne vous resterait rien. Quelques cannes, et des chemises de nuit que votre mère porte encore, un réveil qui ne marche plus. Et des livres. Des livres que vous êtes allée chercher rue de Bièvre, une caverne d'Ali Baba hypothéquée, où s'étaient accumulées les traces de votre père avant qu'elles soient vendues aux enchères. Pour le reste, vous n'aviez pas partagé d'appartement qui vous appartienne à vous trois, ou qui leur appartienne à eux deux (vous n'avez jamais pu compter jusqu'à deux dans un couple) : la rue Jacob, c'était à votre mère, qui n'avait pas encore fini d'en payer les traites à la mort de votre père. Les autres lieux où vous avez séjourné, vous n'avez fait qu'y déposer vos valises. Il y a bien Gordes, la maison que votre père a construite pour vous (elle est là votre cuiller en argent) et que vous avez agrandie avec vos premiers droits d'auteur : un tableau de Golda Meir qui fait face à Jésus, et grâce auquel on a retrouvé presque tout ce qui avait été volé lors d'un premier cambriolage (il était dédicacé). Une collection de livres, encore. Deux tableaux, qui vous représentent, votre père et vous, non pas ensemble, mais chacun individuellement, peints par le même artiste : il les avait accrochés côte à côte, pour recréer l'union qui n'avait pas eu lieu lors de la pause interminable. Ce peintre était sculpteur, votre père lui a commandé un buste de vous. Vous trônez ainsi dans la chambre des enfants, comme une stèle tombale, légèrement inquiétante. Mégalomanie d'un père. Vous auriez bien accroché les manteaux sur votre tête, mais elle est sacrée, puisqu'il l'a commandée.

7 avril

Le problème des jours, c'est qu'ils reviennent sans cesse. À peine en a-t-on fini un, avec le sentiment de l'avoir plutôt réussi, qu'il faut recommencer. Aujourd'hui vous n'avez plus envie. La fatigue vous accable. Vous avez gardé cette inquiétude d'un temps qui ne vous appartiendrait pas, aussi la moindre anicroche vous déstabilise : une maladie, une matinée passée à remplir vos feuilles d'impôts, la file dans un magasin, le ménage, du temps perdu. Il devrait être selon vos souhaits toujours utile, toujours rempli, toujours maîtrisé. C'est sous votre père qu'avait été créé le ministère du Temps libre. C'est bien que le temps, même libre, doit s'organiser. Au lieu de laisser votre temps libre, dans le métro vous lisez, dans la rue vous téléphonez, quand vous passez le balai vous écoutez la radio, quand vous faites la queue, vous lisez à nouveau. Vous redoutez par-dessus tout de n'avoir rien à faire.

Alors ? Lire les livres d'Anatole France, et déprimer encore plus ? Vous êtes ingrate, et injuste, vous ne l'avez jamais lu.

Seriez-vous en dépression ? Pourtant vous aimez bien les périodes électorales. Elles sont excitantes, promettent du nouveau, créent un horizon. Mais il ne reste plus qu'une semaine avant le premier tour. Et le temps se fait gris, froid, triste. La tension est palpable, les scores se resserrent, le Président actuel se démène plus que jamais, et se livre corps et âme à ses seuls talents : ceux d'orateur. De l'autre côté, l'autre François s'épuise.

Vous devez traverser le même coup de mou que le Parti socialiste, il faut croire que décidément, vous êtes apparentés.

Il faut continuer à vivre, car la vie continue.

8 avril

Avant-hier, vous êtes entrée dans le métro station Filles-du-Calvaire, au moment même où sur la ligne 8, station Chemin-Vert, un homme se suicidait.

9 avril

Votre amie K. A. vous propose de jouer une petite scène dans son court-métrage. Vous lui expliquez que vous êtes la pire des actrices. Qu'après avoir fait quatre ans de théâtre, vous avez arrêté net, paralysée, prise d'une crise de foi. Vous précisez immédiatement qu'il ne s'agissait pas d'un excès de chocolat, mais bien d'une croyance qui tombe et vous laisse seule au milieu de la scène, à vous regarder jouer, à visualiser chacun de vos gestes et à entendre votre voix. La terreur vous assaille : on va s'apercevoir de l'imposture et du vide sidéral d'où partent vos paroles, même si les mots sont de Racine. Bientôt les spectateurs vont monter sur scène pour vous lapider, vous enfoncer les manches froufrouteuses de votre costume dans la bouche, vous arracher les cheveux, puis les yeux, vous découper les membres et vomir sur le tas fumant qui baigne dans sa mare de sang, l'autre solution étant de vous arracher vos vêtements, pour vous abandonner nue au milieu de tous les regards. Bon, rien de tout cela ne s'est passé. Mais, comme on dit, mieux vaut prévenir que guérir. Fin de votre ambition de comédienne.

Pourtant, lorsque vous prenez un café avec elle, elle vous convainc. Des humiliations, vous en avez connues, alors le ridicule ne vous fait pas peur. Vous vous mettez en tête qu'il va s'agir d'un rite initiatique, qui vous permettra enfin d'accéder à l'art de la dissimulation (ou pourquoi pas de devenir une star). Personne ne verra le court-métrage sinon les festivaliers de Clermont-Ferrand, mais on peut toujours rêver. Vous gagnerez peut-être un aller-retour gratos pour aller voir votre tante et faire un pèlerinage rue de l'Oratoire, où vivait votre grand-mère, chez qui vous avez passé tous les Noëls de votre jeunesse. Vous ne connaissez pas le code du portail, mais vous pourrez toujours attendre qu'un aristocrate déclassé (cet immeuble en est rempli, c'est un peu le HLM du riche, un ghetto clermontois qui jouxte une ancienne chapelle) vous ouvre la porte pour rentrer chez lui.

Toujours est-il qu'il va vous falloir apprendre trois répliques par cœur, votre estomac se noue, qui est directement connecté à votre mémoire défectueuse, vous qui pouviez réciter toutes les poésies de René Guy Cadou que votre père vous apprenait, enfant. Mais vous avez cessé les exercices depuis, et il n'est pas sûr que vous passiez le test de mémoire Memtrax.com. Vous ne vous risquez pas à l'essayer. *Happy Neuron* vous y incite, le test a été conçu par un « médecin américain de renommée internationale » (forcément, s'il est américain), ce qui tout de suite vous rassure (ça ne coûte rien de résumer ainsi son CV, et puisque le site ne mentionne pas son nom, c'est que sa renommée ne doit pas être si fameuse). Bref, vous vous proposez un test grandeur réelle, c'est dire si vous êtes enfin prête à prendre votre vie en main. Et vous remettez à plus tard le scanner qui vous révélera l'irrémédiable : vous vous offrez encore quelques années d'insouciance, d'alcool et de cigarettes, avant qu'on vous ordonne d'arrêter, ce que de toute façon vous ne ferez pas puisqu'il sera « trop tard ».

10 avril

Vous êtes de mauvaise humeur. Les gens vont mal autour de vous, ils s'abîment. Si cela ne tenait qu'à vous, vous réuniriez tous vos amis, pour édifier un kibboutz idéal, inventer une autre société. Mais rien ne tient *qu'*à vous.

Comment espérer être tranquille à une semaine du premier tour des élections ? À la télévision défilent des images de mai 81, à la radio on consacre des émissions au premier septennat de votre père, et des jeunes témoignent : ce qu'ils retiennent de Mitterrand, c'est sa mort.

Le roi est mort, vive le roi. Mais le « père », l'unique, celui dont vous êtes issue, papa, a cessé de vivre, et personne ne le remplacera. C'est ce qui distingue la fonction de père de celle de président.

Vous n'y étiez pas, vous, à l'École normale, pendant la minute de silence qu'ils imposèrent à l'occasion. Vous étiez à son enterrement, aux premières loges. Le lendemain, vous rasiez les murs, empêchant par votre visage fermé les messages spontanés de vos camarades et de vos professeurs. C'est que vous étiez entrée dans cette école sans cette filiation. D'un coup, vous en portiez le poids en même temps que celui de la peine. La peine fait toujours peur, vous aviez peur de faire peur. Vous ne regardiez personne pour que personne ne se sente obligé de vous sourire. Pitié, bonté ? Vous ne le saurez pas. Vous avez continué à aller en classe comme si, à rendre des devoirs comme si. Comme si quoi ? Vous ne savez plus très bien.

Le soir, c'était autre chose, vous retrouviez vos amis, dans ce « kibboutz » qui à l'occasion avait été créé. Vous n'aviez fait que déplacer votre schizophrénie.

Ce matin vous avez entendu sur France Info l'auteur du livre sur la santé des présidents parler de « l'euthanasie de François Mitterrand » : il aurait selon lui organisé sa mort, ce qui n'est pas totalement faux. Vous avez évoqué la théorie des deux corps du roi. Pourtant, vous ne vous y faites pas.

Père, président. Votre père avait la double casquette, c'est ce qui chez vous créait certaines confusions. Être président n'était pas pour lui un *job*, mais l'accession à son être propre, à son désir propre, à la quête de toute une vie. Ce n'est pas pour rien qu'on continue d'être nommé « Président » même quand on ne l'est plus. Ça vous colle à la peau, *Président*, ça fait partie de vous, ça vous définit d'une certaine manière. On rentre chez soi *Président*, on se brosse les dents *Président*, on élève ses enfants *Président*. Vous ne l'avez pas connu autrement, ou sinon avant vos six ans, âge avant lequel vous n'avez pas de souvenirs, et les quelques mois qui suivirent la fin de son deuxième mandat, alors que la maladie avait gagné trop de terrain pour espérer une vie commune « normale ». Vous avez connu votre père dans l'achèvement de sa vie d'homme – vous entendez ici « achèvement » comme « accomplissement ». Sans doute est-ce une chance que de rencontrer celui qui vous donne la vie à un moment pour lui de plénitude. Pour autant, vous n'avez côtoyé que la fin. On vous aura épargné les batailles, les doutes, les échecs, on vous aura épargné les brouillons pour accéder directement à l'œuvre d'art. Et vous faites partie du tableau. Vous êtes une des touches finales de l'œuvre déjà presque aboutie, c'est-à-dire, déjà presque morte. Prête à entrer dans la postérité, dans l'éternité, échappée au temps de la vie.

Président, père.

Mais ces confusions n'ont pas tenu face à la mort. Vous l'avez vu la veille, le dimanche soir si vos souvenirs ne vous abusent pas (ce serait bien la première fois) puis *après*, à l'aube du 8 janvier, reposant sur le même lit. Ce corps raide, allongé, c'était votre père adoré, qui aimait manger, écrire, vous prendre la main pour se promener sur les quais de Seine. Et puis, très vite, il est devenu le *corps du Président*, auquel des personnalités politiques et artistiques sont venues rendre hommage. Il avait été *préparé* pour recevoir. Le Président survivrait, des images d'archives et la mémoire historique, mais votre père, lui, était bien mort. Il ne vous répondrait plus – alors pourquoi ne pas avoir profité de son vivant pour lui poser des questions ?

Sans doute votre père a-t-il organisé sa mort, comme le dit le journaliste : mais qu'est-ce qu'organiser une mort ? Le *Président* pouvait le faire, comme un acte de volonté politique ; l'*homme* n'a fait que subir et tenter d'échapper au mieux à la déchéance. Votre père ne souhaitait pas vivre sans ses capacités intellectuelles. Il ne souhaitait pas perdre sa dignité d'homme. Ne rien céder au corps, garder la main haute sur son destin. Mourir comme un *homme*, et comme un *Président*.

Vous vous mettez à sa place. Vous comprenez son choix. Mais la vôtre, où était-elle ?

Pour vous, et pour vous seule – expérience néanmoins partagée par vos frères, mais vous n'en avez pas parlé puisque vous ne vous êtes vraiment rencontrés qu'*après* –, c'est *papa* qui est mort. Qui pouvait vous voir simplement comme une fille qui a perdu son père, puisque votre image aux côtés de Danielle était bien plus intéressante ? La mort n'est pas toujours un événement intime. En l'occurrence elle a concerné tous les Français, immense théâtre au sein duquel de *fille* vous êtes passée à figurante. Où loger la douleur quand des milliers de flashes s'attachent à la saisir ? Quand votre corps est pris en otage par les regards, quand vous devenez symbole, chose, image. Où trouver le silence, sinon dans cet ancien espace du secret ?

La souffrance n'avait plus besoin d'être secrète, pourtant. Elle n'avait pas non plus le droit de se manifester, ça l'aurait rendue fausse.

Aussi dans les couloirs de l'École normale baissiez-vous les yeux.

12 avril, matin

« Et pourtant, il y a mille raisons qui m'empêchent d'écrire et qui me tiraillent encore à cette heure, et qui m'entraveront encore demain et les autres jours. D'abord une espèce de paresse qui sera dure à vaincre [...]. Il y a ensuite une répugnance très grande à se concevoir comme "quelqu'un qui écrit", parce que pour moi, peut-être à tort, écrire implique un dédoublement de la personnalité, sans doute une perte de spontanéité, une abdication (mais ces choses-là sont peut-être des préjugés). Puis il y a aussi l'orgueil. [...] Peut-être aussi y a-t-il le sentiment que les "autres" ne vous comprennent pas à fond, qu'ils vous souillent, qu'ils vous mutilent, et qu'on se laisse avilir comme une marchandise. »

Vous avez commencé la lecture du *Journal*[1] d'Hélène Berr, cette jeune Parisienne si talentueuse, et amoureuse de la vie et d'un jeune homme, idylle naissante dont elle narre le moindre aléa, et qui fut déportée à vingt-trois ans. Dans les moments où ça va mal, vous avez besoin de lire ces récits pour restituer leurs justes dimensions à vos angoisses. Lire Hélène Berr, c'est la ressusciter et, à travers elle, tous les hommes et femmes qu'elle nomme, qu'elle décrit, dans un récit si plein de vie, que vous finissez par vous dire que vivre intensément, c'est cela la victoire sur la mort.

1. *Journal*, Hélène Berr, *Points*, 2009.

Vous avez pensé longtemps qu'en évitant de vivre, la mort serait moins grave. Que c'était la mettre à distance. Instiller à dose homéopathique de la mort dans la vie, vous semblait être la façon de s'y habituer. Hélène Berr vous prouve le contraire. Mais elle prouve dans le même temps que c'est ce qui rend la mort si tragique : « Est-ce que beaucoup de gens auront eu conscience à vingt-deux ans qu'ils pouvaient brusquement perdre toutes les possibilités qu'ils sentaient en eux – et je n'éprouve aucune timidité à dire que j'en sens en moi d'immenses, puisque je les considère comme un don qui m'est fait, et pas comme une propriété –, et que toutes pourraient leur être ôtées, et ne pas se révolter[1] ? » Non peu de gens ont cette conscience-là. Combien de *possibilités* ont-elles été tuées en même temps que des millions d'hommes, de femmes, d'enfants ? Combien de possibilités ont-elles été ôtées à l'humanité ? et continuent de l'être ? Et quand un régime totalitaire ou meurtrier comme c'est en ce moment le cas en Syrie ne s'en charge pas, la crise économique, prend le relais. Et quand la crise économique ne frappe pas directement, les individus modernes tuent dans l'œuf leurs propres possibilités et se jettent sous le métro.

« Dans la journée, la vie forme une croûte par-dessus la pensée », écrit-elle ailleurs. C'est bien ce qui soulage dès qu'on ouvre les yeux, la nuit ne ment pas, n'enrobe pas, le jour au lieu d'éclairer panse.

---

1. *Ibid.*, p. 205.

13 avril

Les travaux de ravalement tirent à leur fin. Les ouvriers enlèvent dans un fracas auquel vous avez fini par vous habituer un à un les échafaudages. Le jour commence à poindre dans votre appartement. La lumière va enfin vous revenir. Vous êtes devenue très sensible à la météo. Parfois vous souhaitez un ciel gris pour justifier votre enfermement et vous donner du cœur à l'ouvrage. D'autres fois vous souhaitez qu'il fasse beau pour humer l'air des terrasses et éprouver cette liberté qui affleure dans les tenues des filles, un vent d'adolescence, un vent d'insouciance, dont il vous faut la preuve extérieure pour vous autoriser à y participer. Et vous pouvez faire des phrases entières sur le sujet. Cette conversation passionnante vous apaise. Elle n'est que constatation et émotion. Elle ne dit rien d'autre qu'elle-même. Elle évite les écueils de la culpabilité, du devoir et des tâches à faire. Elle est votre corps qui sourit. Elle ne vous ennuie pas. Mais enfin il ne faut pas qu'elle dure trop longtemps.

15 avril

Dimanche, dernier grand meeting de Hollande sur l'esplanade du château de Vincennes. Le vent soufflait par rafales, il y avait un côté romantique, Hugo sur son rocher, le vent de l'Histoire qui se lève... La foule se tenait chaud, et vos enfants brandissaient des drapeaux de la France, juchés sur les épaules. C'est leur premier meeting. Vous essayez de leur expliquer de quoi il s'agit. Leur grand-père, dernier et unique président de gauche sous la Ve République (là vous n'êtes pas entrée dans les détails), cité plusieurs fois dans le discours de l'autre François. Votre fille Tara confond : grand-père, c'est François Hollande ? Mais non, c'est Mitterrand. Son frère le sait, qui a conscience d'une espèce de gloire par-derrière, ou en haut, ou il y a longtemps, une gloire quelque part. Ses copains, sceptiques hier, lui demandent désormais si c'est vrai qu'il est bien le petit-fils de François Mitterrand ? Vous vous étonnez devant tant de culture de la part d'enfants de sept ans. Vos élèves à vous, lorsque vous donniez des cours, n'en connaissaient pas tant. Vous étiez madame Pingeau, tantôt madame Pinjot, enfin madame, quoi, leur prof de philo. On ne s'occupe pas de la filiation de ses professeurs, surtout quand elle remonte à avant leur âge de raison, et que l'histoire très récente n'a pas encore pénétré les programmes d'histoire. D'ailleurs, si c'était le cas, le nom de Mitterrand figurerait sur une page au même titre que celui de Charlemagne, tout ça c'est du pareil au même, des dates et quelques événements à apprendre par cœur pour passer dans la classe supérieure. Vous vous souvenez lorsque, en classe d'histoire, on citait le nom de votre père, ministre sous la IVe : votre cœur se serrait. Vous aviez peur d'on ne sait quoi, il suffisait de le prendre comme le personnage d'un récit et oublier que, le soir, vous le retrouveriez.

Mais les rumeurs doivent circuler dans les maisons.

Et le nom de Mitterrand, abstrait, lointain, resurgit, plus proche tout à coup puisque l'un des élèves en est le petit-fils.

Les ballons et les drapeaux ont fait la joie de vos enfants. Dans le métro, bourré de socialistes, ils observaient la rame adverse, celle qui allait à la Concorde. Séparés par les vitres, les militants de part et d'autre pouvaient se huer, ils allaient dans deux directions opposées. L'une à gauche, l'autre à droite. La RATP fournit ainsi un petit cours de pédagogie pour jeunes militants en herbe. Vos enfants parlent fort, sur la ligne 1, tout le monde peut savoir qu'ils vont au meeting de Hollande, et que « À bas Sarkozy, à bas Marine Le Pen ». « Elle n'aime pas les étrangers », dit votre fils, il sait qu'il est d'origine marocaine, mais la question de l'origine lui semble encore confuse (et à vous donc !). Ils chantent, ils osent ce que vous n'avez pas osé en 1981, où il vous aurait semblé incongru de crier « vive François Mitterrand », et plus encore « vive papa ».

16 avril

Le lendemain, vous partez en vacances.

La voiture est chargée, enfants, chien, bagages, livres de philosophie que vous avez l'espoir insensé d'ouvrir au cours de ces deux semaines, musique à fond pendant sept heures de route. Vous vous repassez les tubes de votre adolescence. Les Stones, les Beatles, les Doors, « Light My Fire ». Vous aimez la voiture, pour ça. Pour pouvoir écouter de la musique sans rien faire, sinon conduire. Jim Morrison, mort à vingt-sept ans comme tous les rockers mythiques. Vous songez que si vous étiez morte à vingt-sept ans, vous n'auriez pas vécu. Vous n'avez rien brûlé, ni vos ailes ni votre jeunesse. Vous manquiez de carburant, mais vous êtes pourvue d'un moteur diesel, et celui-ci tiendra la distance. Vous songez que cette intensité qui semble avoir emporté vos héros surgit toujours aussi fulgurante à leur écoute. Et que pour vous c'est *maintenant*. Que votre temporalité n'est définitivement pas celle du rock'n'roll mais que tant pis, vous serez jeune plus tard, bientôt. Le mp3 joue « The End ». « *Father, yes son, I want to kill you / Mother, I want to... Waaaaa...* » Ça y est. Vous êtes jeune.

Vous roulez vite et à tue-tête. Vous vous faites flasher. Une fois d'abord, peut-être deux, mais vous attendrez les PV pour vous en assurer. Vous aimeriez éviter un nouveau stage de récupération des points, dans ce coin du XIe, avec des traders et des chauffeurs chinois qui ne comprenaient pas le français. Vous étiez trois femmes pour quarante hommes. Parfaite assistance pour écouter les exploits d'un jeune homme pris en flagrant délit à trois cents à l'heure – il a une Ferrari, alors les moniteurs « comprennent ». Une universitaire est venue par prévention, il lui reste six points, elle a perdu les autres sur le pont de Neuilly, dépassement de deux kilomètres à l'heure. Tout le monde se regarde, que fait-elle là ?

Vous roulez. Si vous pouviez rouler sans cesse. Si rien ne pouvait se figer. Si vous étiez libre.

17 avril

Les vacances mettent toujours un peu de temps à démarrer. Vous avez emporté dans vos bagages une énorme crève, et il faut faire les courses pour les dix jours à venir. N. K. vous a un jour expliqué le concept du Monoprix dépressif. C'est ce à quoi vous vous êtes adonnée aujourd'hui, dans sa variante Auchan. Deux heures dans un grand magasin, à chercher le produit qui illuminera vos jours. Vous trouvez toujours quelque chose qui vous met en joie avant d'arriver à la caisse. Cette fois, Mohammed a acheté une imprimante. Formidable ! Vous allez pouvoir imprimer ce que vous écrivez. C'est comme si vous aviez fait un saut dans le temps : de se savoir pourvu d'une imprimante wifi, votre travail est déjà presque achevé ! Il n'est même plus besoin d'écrire... La technologie est faite pour ça, vous donner l'impression d'un changement possible dans votre vie, sans effort, un miracle, de la magie moderne.

À part ça il y a le vin, les pâtes fraîches, l'huile d'olive, les fromages, autant de rêves à ruminer jusqu'au soir. Pour remercier Auchan, vous vous faites faire une carte de fidélité. Vous n'y reviendrez jamais, mais c'est pour le geste. Vous avez erré dans tous les rayons, vous perdant – c'est si délicieux –, revenant sur vos pas, jetant quelques produits inutiles, mais on ne sait jamais, vous regardez longtemps les pâtes sans pouvoir décider de la forme, linguine, spaghetti, ou bien ces pâtes aux œufs alsaciennes que vous aviez tant aimées à Strasbourg ? Mais elles n'auront pas le même goût. Vous vous reportez sur du classique, spaghetti. Le plus ennuyeux, ce sont les fruits et légumes, il faut arriver à détacher un sac, l'ouvrir alors que les parois sont hermétiquement collées, y enfourner des légumes que vous prenez au hasard – on lira les recettes sur internet pour se donner des idées, cake aux courgettes, gâteau d'aubergines, des noms qui sonnent bien. D'ailleurs, vous hésitez devant un livre de recettes qui coûte trois euros. Vous avez le temps de l'apprendre par cœur en faisant la queue. Il vous fait saliver – mais vous avez la langue noire à cause de vos antibiotiques et Dieu sait que saliver en ces cas-là n'est pas chose agréable. Vous reposez le livre. Au rayon coiffure où vous n'avez rien à faire, vous prenez deux serre-têtes, espérant ainsi vaguement faire l'économie du brossage de cheveux de vos filles. Vous savez d'expérience que personne ne les portera sinon le premier jour d'achat, qui aujourd'hui se réduira à quelques heures car vous arriverez vers 18 heures à la maison, mais on a bien le droit de rêver. D'ailleurs, plus têtue que les autres, vous le coincerez dans votre tignasse jusqu'à la fin des vacances, tout en concluant que décidément, un serre-tête n'est pas fait pour votre tête, vous avez l'air d'une bourgeoise doublée d'une guenon. Il prendra alors enfin le chemin du cimetière des serre-têtes (à la dictée de Pivot, vous n'auriez pas su où mettre le *s*).

Petit interlude dans l'écriture : vos enfants viennent vous montrer des dessins magnifiques (toujours, toujours magnifiques, vous ne leur avouerez jamais que vous les jetez à la poubelle dès qu'ils ont le dos tourné). Ça fait la cinquantième fois de la journée qu'ils vous interrompent pour un verre d'eau, ou une dispute, ou une petite faim, ou un nez qui coule, ou une question urgente, vitale, sans recours, ou pour vous montrer leur nouvelle signature qui en l'occurrence change chaque jour, ou monter sur vos genoux – que vous soyez en train d'écrire n'a absolument pas l'air de les gêner –, ou soudain se décider à vous raconter un épisode de la classe de découverte que vous leur avez demandé mille fois de vous raconter, mais que mille fois devant vos supplications ils ont résolument tu. On ne résiste pas à ça. On ferme le portable. On va terminer une partie du « cochon qui rit », sans vouloir connaître les règles, ça pourrait vous emmener trop loin.

Auchan donc. Même dans le rayon enfant, vous avez hésité à prendre des Playmobil, un parking à construire. Vous évitez le rayon électro-ménager, c'est votre drogue, votre péché mignon, votre folie. Vous savez que vous ne pourrez rien contre une friteuse en promotion qui vous tend les bras. Vous êtes plutôt satisfaite. La liste de vos courses est devenue caduque au bout de cinq minutes. Votre mère sera furieuse – société de consommation –, elle qui tente des mélanges de restes pour être sûre de ne rien gâcher – vous finissez invariablement par les donner au chien, mais ainsi rien effectivement n'est gâché. Vous l'appelez votre lave-vaisselle, le chien.

Deux caddies bien remplis. Des plantes, de l'eau gazeuse, des pansements, des shampoings, une louche, du riz noir, de la crème fraîche, du champagne pas cher, du bicarbonate de soude (pour la langue noire), des pistaches, du bonheur. Ça vous fait penser à vos trois ans à Aix-en-Provence. Vous y étiez AMN, chargée de cours à la fac. C'est la première fois que vous viviez dans une ville de province, et vous n'aviez pas mesuré la quasi-consanguinité des habitants, peu nombreux à la vérité, se croisant et se recroisant. Ainsi vous êtes un jour tombée sur l'un de vos étudiants dans votre supermarché. L'intimité soudaine d'un caddie vous a prise au dépourvu. Celui à qui vous enseigniez les droits de l'homme ou les *Méditations métaphysiques*, fut d'un coup témoin de votre vie la plus privée, une crème pour la peau sèche, des tampons, des bouteilles de vin, des pâtes. Il vous était impossible de cacher les produits amoncelés, ni leur usage probable. Vous vous êtes salués comme si de rien n'était, mais ce n'était pas rien de livrer ainsi à un étudiant dont seule la philosophie aurait dû constituer le lien possible entre vous, que vous aviez un corps, un corps de femme, des faims, des soifs et une peau sèche. Vous avez alors saisi quelque chose de la province, qu'au demeurant vous avez tant aimée – il faut dire que les calanques et la mer n'étaient pas loin.

Avant de repartir, vous vous arrêtez à la brasserie

d'Auchan, jouxtant le parking et protégée par des lauriers à demi morts. Mohammed aime ce rendez-vous dans l'endroit le plus sinistre de France. Vous lui montrez par deux doigts sur votre tempe que vous allez dans cinq minutes vous flinguer. Mais les cérémoniaux sont les cérémoniaux. Vous vous attablez devant vos deux caddies et les rangées de voitures, à quelques kilomètres du Luberon et des villages perchés de pierres (une fois sortis de la zone commerciale). Une bonne bière, et un verre d'eau pour inaugurer votre bicarbonate de soude.

Il est temps de repartir. Pour faire les choses en grand, vous êtes branchés sur radio Nostalgie où Diana Ross hurle une chanson de votre presque adolescence, au rythme des ronds-points qui défilent en pagaille, resplendissant de leurs détournements de fonds habilement masqués en « œuvres d'art ». C'est ça aussi la France. Vous n'avez pas assez fait les courses enfant. Vous n'avez pas assez sillonné les allées d'Auchan, ce n'était sans doute pas assez bien pour vous (société de consommation !), il ne manquerait plus qu'on passe ses week-ends avec les ploucs en mal d'achat. (Votre fils à nouveau vient vous faire choisir entre deux dessins : voulez-vous les garder ? Un seul, ou les deux ? Il vous annonce que sa sœur s'essaie aux mêmes dessins et qu'il faudra choisir entre les cinq prévus. Où voudrez-vous les accrocher ? Dans votre bureau, ou dans votre chambre ? Lequel préférez-vous ? Comprenez-vous bien ce qui est représenté ?)

Acheter, acheter, acheter, en faisant attention aux

prix, alors que, de toute façon, vous n'avez besoin que de dix pour cent de ce qui trône dans votre caddie. Que c'est bon d'acheter. Vous réglerez le problème plus tard avec votre banquière. Plus tard, c'est toujours plus tard, merveille de la carte bleue. Cette société vous tient, vous soutient, elle ne vous laissera pas tomber. Vous remerciez N. K pour son monoprix dépressif, c'est bien mieux qu'un Xanax – mais plus cher qu'un psy.

19 avril

En attendant, la France va élire son nouveau président. Cheminant avec les Roms vauclusiens et quelques familles arabes, vous étiez bien loin de ça (qui votait Hollande dans les allées du supermarché ? Qui votait tout court ?). Ne perdez pas le cap. Le matin, vous écoutez la matinale de France Culture, seule façon pour vous de vous tenir au courant. Vous n'avez pas le temps de lire les journaux, votre pile de livres ne s'amenuise guère. Pourtant, de toutes parts, vous recevez des propositions : *Grazia*, qui voudrait vous suivre entre les deux tours pour faire un portrait de vous (vous auriez dû les convoquer à Auchan) ; le PS vauclusien, qui vous propose de tracter à Avignon pendant une matinée... Vous avez accepté de mettre votre nom sur la liste – « si ça peut aider » – mais vous n'avez pas le cœur à leur expliquer l'imposture.

Que vous soyez en vacances avec vos trois enfants est peu de chose au regard du combat. Que ne les traînez-vous au marché toute la matinée pour qu'ils aient le plaisir d'écouter les badauds vous raconter des *anecdotes* sur votre père ? Quant au portrait pour *Grazia*, le malentendu continue. Portrait de qui ? de la fille de l'ancien président ? Pourquoi ? Quel intérêt ? La question normalement serait : quel intérêt pour vous ? À part vous renvoyer à cette image people détestable qui vous colle à la peau parce que de malheureux paparazzi en ont décidé ainsi ? Observez le sang socialiste qui coule dans les veines de cette jeune mère de famille, qui vit comme tout le monde, qui touche du bois comme tout le monde, qui fait ses courses, qui prépare ses cours, qui va chercher ses enfants à l'école, comme c'est touchant. C'est la gauche. Oubliés, Jaurès, Mendès France, et même peut-être Mitterrand, elle prend le métro, habillée en Isabel Marant. Formidable !

Vous n'êtes pas loin de considérer cette demande (qui devrait sérieusement vous intéresser, *dixit* le journaliste) comme une injure, ce qui ne vous empêche pas de répondre poliment en remerciant bien pour la proposition, « mais ce n'est pas possible ». Pourquoi ne pas envoyer chier tout le monde ? Mais parce que votre père est encore « le Président » pardi !

Vous êtes dans sa maison. Celle qu'il a fait construire pour vous et votre mère. La vôtre, une « maison de famille », dites vous quand on vous demande où vous passez vos vacances. De famille, certes, mais qu'il a fait construire pour vous et votre mère. Ce qui n'est pas exactement la même chose. Ce matin, vous avez visité le cimetière où votre mère prévoit de faire construire le caveau familial. Vous vous êtes recueillis devant un lopin de terre, face à la vue sur la vallée. Une petite prière pour vos futurs morts. Les enfants courent dans les allées, vous observez les autres tombes pour choisir la plus jolie, comme dans un hall d'exposition. Une vieille dalle recouverte de lichens, six places négociées avec le maire, creuser ou édifier ? Une petite chapelle ? Légèrement prétentieux. Et, dans le cas où Mohammed souhaite vous rejoindre, trop catholique. Vous lisez les dates sur les tombes, beaucoup de jeunes hommes morts entre vingt et trente ans. Le carré de FFI, deux femmes fusillées par les Allemands en 1944 à la fleur de l'âge, d'autres héros morts pour la France, un père et son fils, décédés l'un à quarante-quatre ans, l'autre à vingt-trois. Et ces tombes abandonnées, un écriteau appelant les familles à se manifester avant qu'elles retombent dans le domaine public.

C'est votre maison, et ce sera votre cimetière, celui de votre mère et le vôtre. Un caveau familial. Mais il y manquera toujours le père, enterré avec les siens, sa famille charentaise – retour aux origines, les autres n'ont qu'à se débrouiller. Il a décidé que votre origine à vous serait avignonnaise. Vous obtempérez. Les familles ainsi se diluent à travers les cimetières français. Jarnac ; Cluny, où vous vous êtes rendue pour la première fois à la mort de Danielle, matriarche de l'autre famille, et devant lequel passe l'autoroute (vous avez pu apercevoir de la voiture, dessinée sur une panneau indicateur, la roche de Solutré qu'il escaladait chaque année) ; Gordes enfin, c'est là qu'il fait le plus beau.

Au village trônent les panneaux électoraux. Ils sont plus nombreux que les villageois. J – 3. Vous n'êtes pas mécontente de suivre l'élection hors de Paris.

20 avril

Pourtant un air d'irréalité plane. Loin de tout, hors du travail, vous perdez la notion du temps. Ce temps qui se réduit désormais à vingt-quatre heures, et qui doit tant peser sur les candidats : vous ignorez ce que fait Hollande de ces dernières heures, comment les occuper pour les faire passer plus vite maintenant que les jeux sont faits, ou plutôt qu'il n'y a plus aucun dé à lancer. Les temps de parole sont écoulés, les candidats sont acculés au silence, et à l'attente. Il faut avoir des nerfs d'acier. On oublie trop souvent que ces hommes et femmes politiques, si facilement décriés, honnis, moqués, ont des nerfs d'acier. Il faut un certain caractère pour accepter cette vie, ou il faut la vouloir. De meetings en réunions, de serrements de mains, en serments d'espoir, de buvettes locales en raouts parisiens, de discours, de directs, de négation de l'intime, d'oubli de l'intime, de renoncement à l'intime. Peut-être faut-il avoir besoin de fuir l'intime, peut-être existe-t-il quelque chose de plus grand que l'intime qui suppose qu'on puisse le sacrifier. Le bien public, la *res publica*, la chose publique, la république.

Votre père n'a rien voulu sacrifier. Il pensait pouvoir tout embrasser, et sans doute l'a-t-il fait du mieux qu'il pouvait. Vous avez été la partie intime d'un destin adonné à la *chose publique*. Et vous savez que cette partie a son importance, sa place privilégiée, mais comme une vitamine qui dope l'énergie concentrée sur un but plus grand. Vous avez été une enfant transcendée par l'Histoire.

Désormais, vous privilégiez l'intime, pour qu'aucune grande cause, aucune grande Histoire, ne vienne l'emporter et le réduire à une portion congrue.

Samedi 21 avril

Les Français s'entraînent à voter en regardant « The Voice ». Qui entre Al-Hy et Amalia a la plus belle voix ? Tout ce qui ne se fait plus à l'école – les classements, les prix, les jugements publics, les critiques médiatisées, les félicitations du jury, la médaille – est réhabilité par la télécrochet. Tout le monde regarde. Du bobo au populo, du lepéniste au hollandiste, tout le monde aime cette compétition, cette mise à mort, cette cruauté scénarisée, et personne n'ose le dire, ou plutôt seuls les bobos n'osent le dire (quoique le cinquième degré autorise une forme de sincérité). Les élections continuent de plaire, pour cette illusion qu'elles nous donnent de détenir un pouvoir aussi minime soit-il, le pouvoir d'un instant. Un sms qui coûte dix euros pour taper le numéro de votre candidat, un bulletin dans l'urne qui ne coûte rien, mais qui de ce fait exerce un peu moins d'attraction, si l'on en croit l'abstention récurrente. Il faudrait peut-être demander à Nikos de remplacer Pujadas, et de faire chanter les « futurs présidents ». On verra demain si l'enthousiasme est le même.

Les Dom-Tom ont déjà commencé à voter.

22 avril, 20 heures

Et voilà, c'est fait. Le premier tour est passé. Hollande en tête, Sarko humilié, et Marine Le Pen qui récupère ses voix. Elle peut lui dire merci, elle peut remercier ce président du peuple, des petits, des pauvres gens (*qui souffre comme eux*), de lui avoir offert ce peuple sur un plateau d'argent (et ce n'est pas une figure de style, les plateaux d'argent, il mange dedans – signe en général soit de l'aristocrate, soit du parvenu – votez 1 pour la première catégorie, 2 pour la seconde, vous remporterez un téléviseur écran plat). Pourtant il ne se démonte pas, c'est sa qualité. Il propose maintenant trois débats avant le second tour. Il veut du sang, des arènes, il veut se battre en homme. La vertu qu'il promeut est celle de la virilité. L'héroïsme viril, l'héroïsme de celui qui parle le plus fort, qui frappe le plus fort, l'homme et sa force. Il en fait une affaire personnelle, mais plus que cela, il en fait une affaire d'*hommes*.

Vous ne pouvez vous empêcher de frissonner à ce retour d'un idéal d'humanité qui se mesure à la brutalité, l'exploit, au « même pas peur », à une gloire qui, en dernière instance, est la négation même des valeurs de l'humanité. Le sportif, le guerrier, celui qui se juche sur des talonnettes parce que la taille importe, et qui se rattrape avec une top-modèle à son bras, mais qui sait au fond de lui qu'il n'est ni intrépide, ni grand, ni beau, et que sa hargne fait sa force, sa haine son endurance. Il se sent proche du peuple : comme lui, il a une revanche à prendre. Comme lui, il est un humilié. Alors il veut se battre. Un homme comme celui-ci fait peur, parce qu'il a saisi intuitivement que la peur seule pourrait mener les foules, à défaut d'autre chose.

Ce populisme-là est un danger que l'histoire connaît trop. Mais quelle histoire ? Celle qu'on n'enseigne plus ? Que savent ces jeunes qui votent massivement pour Marine Le Pen ? Qu'ont-ils lu ? Que leur a-t-on appris ? À quoi associent-ils le nom de Front national, à quoi leur fait penser le « nationalisme » ? N'ont-ils pas été à l'école ? L'école pour tous n'existe plus ? Main dans la main, Sarkozy et Marine Le Pen en enterrant l'histoire permettent aux vieux démons de se réveiller. Main dans la main, ils activent les peurs et les boucs émissaires. Ils font du sentiment une politique, du romantisme viril un idéal.

Honte à nous.

22 avril, soirée électorale

Nicolas Sarkozy est fort, encore, son discours le prouve. Mais est-ce votre lassitude, ou le fait qu'il entre à la Mutualité après que tous les autres candidats se sont exprimés ? À peine commence-t-il à parler que vous envoyez des sms, ou conversez avec les amis chez qui vous passez la soirée. Vous vous rendez compte après coup combien ses paroles vous ennuient, vous n'arrivez plus à l'écouter, vous décrochez. Il n'est plus crédible, sans doute ne l'a-t-il jamais été pour vous, mais, cette fois, c'est autre chose, le corps lui-même se détourne, las, déconcentré. Il ne fait déjà plus partie du paysage politique, vous l'ignorez sans le vouloir, vous faites autre chose tandis qu'il continue de séduire. Vous allez chercher une glace, et un dernier verre de vin, vous ne zappez pas, on ne sait jamais, mais vous êtes ailleurs. La tension est retombée, les copains appellent, ils sont optimistes, malgré le sourire béat de Marine Le Pen (on aurait dit une illuminée, ou alors elle avait pris de la coke). Les enfants sont fatigués. Fin de partie. Vous rentrez les coucher, et continuerez la soirée électorale depuis votre lit. Les images de Paris montrent des militants en anorak, ça a l'air de cailler sec. Tout à l'heure, avant que l'heure fatidique sonne, vous avez regardé les journalistes en moto attendre les cortèges et remplir le vide. Ils montraient les rues, les adresses, les sorties de métro, et commentaient, commentaient tout : les visages, le froid, la foule, ou la rue déserte. Puis ils supposaient. Trois quarts d'heure de supposition. Les caméras suivent des journalistes qui eux-mêmes attendent sans avoir rien à dire.

Presque aussi passionnant que pendant le siège de Mohammed Merah, où l'on a eu droit à vingt-quatre heures d'images fixes sur un mur, avec des variantes de « toujours rien », « on ne sait rien », « je ne peux rien vous dire à l'heure qu'il est », et les heures ont défilé ainsi, mais tout le monde était devant son poste, pour l'orchestration d'un assaut voué à l'échec. La scénarisation du drame, et maintenant la scénarisation du suspens : des motos roulent sous la pluie, la caméra les perd, un journaliste suit François Hollande dans les couloirs, mais on ne le voit que de dos, et encore, pas sûr que ce soit lui. Vous imaginez un film entièrement fait de cette manière. Des riens additionnés à d'autres riens, mais suspendus à un possible, à un peut-être, et tout à coup une voiture qui démarre, c'est le branle-bas de combat, des parapluies s'ouvrent (on est à Tulle), on ne voit personne, Hollande descend, entre dans le gymnase et va pour prononcer son discours. Une question de la journaliste, il la rembarre, voilà une première information : il s'exprimera devant ses militants, pas d'interview avant. Cette information est reprise en boucle. On fait feu de tout bois. Attention il pleut, attention, il grêle, attention la pluie s'est arrêtée, des voitures se garent des voitures démarrent, il faut commenter : pendant quarante-cinq minutes, on a assisté à un premier acte entièrement composé de didascalies – pas d'action, pas de dialogue, des indications de mises en scène. Ça vous a ravie : vous pouviez manger vos chips tranquillement, et vos enfants hurler aussi fort qu'ils voulaient, vous étiez certaine de ne rien perdre. Si vous aviez accepté le portrait proposé par *Grazia*, ils auraient pu vous photographier ainsi, devant la télévision qui narre le temps et les mouvements de voitures et de parapluies, et vos chips certainement en auraient pris de l'importance. Vous auriez peut-être dû en préciser la marque, et si elles étaient light ou pas, ce qui vous aurait permis de faire un développement sur les régimes : « Non vous n'en suivez pas, ce n'est pas que vous êtes pour ou contre » (ne dites pas que vous vous en foutez, c'est l'heure du compromis et du rassemblement), et la méthode Dukan : « Vous ne l'avez pas essayée » ; « Oui ce n'est pas bien d'inciter les lectrices à manger des chips », vous vous repentiriez, et d'ailleurs il ne faut pas mépriser les régimes, il y a tant d'hommes et de femmes qui souffrent à cause de cela. Vous suggéreriez alors de découper quatre bouts de carotte et de laver un chou fleur, de confectionner une sauce au fromage blanc zéro pour cent en coupant un peu de ciboulette pour l'agrémenter, et de les grignoter devant les résultats des élections, au lieu de se goinfrer, la trouille au ventre, ou de s'arracher la peau des ongles. Vous auriez pu faire du bien, vous auriez pu être utile, vous auriez pu montrer ce qu'est la gauche responsable (on peut vibrer pour les élections et rester svelte ; être de gauche et jolie...). Entre deux bouchées, vous verseriez une petite larme sur le *temps perdu* : « Ah oui, ça vous rappelle de si belles heures », vous préciseriez : « Il faisait plus beau en 88, et à treize ans, personne n'aurait pu vous faire avaler du chou-fleur », alors vous préviendriez : « Il faut commencer tôt les légumes, sinon c'est fichu ». Et vous reviendriez sur la politique, « Mais tout est politique », n'est-ce pas, et vous convaincriez la journaliste que le chou fleur aussi est politique : « Qui le plante, qui le cultive, qui le distribue, qui l'achète, qui le mange ? » (vous ne faites partie d'aucune de ces catégories, mais s'il faut attendre d'être légitime pour parler, vous vous seriez coupé la langue depuis longtemps). Quel dommage vraiment de ne pas avoir accepté ce portrait.

En réalité, vous recevez les pronostics de différents amis. Le suspense n'en est plus vraiment un, mais grâce à la fabuleuse mise en scène, vous gardez votre âme d'enfant. Et puis vous tenez aux rituels, c'est un truc de famille ça, alors vous demandez le silence quand 20 heures approche, et vous décomptez bien fort les dernières secondes qui restent. Hollande, 28, Sarkozy, 27, premier président sortant à ne pas faire le meilleur score au premier tour. Champagne.

Mais le champagne est amer quand vous apprenez que le Vaucluse a fait le meilleur score du Front national. Vous vous rendez compte que les gens que vous croisez au marché, que certains des artisans qui viennent parfois chez vous, ont peut-être voté Le Pen. Vous vous demandez lequel d'entre eux. À vous, ils ne le diront sûrement pas, même si ce vote est de plus en plus décomplexé. Vous êtes marquée au front. Pourtant, ça vous intéresserait de discuter, d'essayer de comprendre, de revenir à la source. Mais ce dialogue semble avoir été rendu impossible dès le départ. Vous êtes cataloguée et, lorsqu'on vous demande votre avis, c'est pour avoir une analyse « de gauche ». On ne pourrait imaginer, ni vous d'ailleurs, que vous ayez une autre opinion, que vous puissiez déroger à la règle familiale. Car vous appartenez de fait à la grande famille de gauche, nul ne le mettrait en doute. Vous-même n'avez jamais cherché à savoir pourquoi. Vos intuitions, vos réflexes sont de gauche, votre pensée politique elle-même, si tant est que vous en ayez une, est de gauche. Aurait-il pu en être autrement ? Que devez-vous à vos origines, ou à votre réflexion propre ? Faire la part des choses est devenu difficile. Vous vous demandez, un peu par provocation, mais aussi parce que cette question vous intéresse vraiment, si Marine Le Pen a elle-même eu le choix. Si elle a jamais fait l'effort d'avoir une pensée pour elle-même, qui serait de fait une trahison du clan. Et dans la cour de récréation, la petite Le Pen fut sans doute acculée à renier ou à faire corps. On connaît son choix. Si on peut parler de choix. Quand on naît Le Pen, on trahit totalement, ou on continue, voire on surenchérit. La bonne fille à son papa. Il doit être fier d'elle. Elle doit être fière que son père soit fier d'elle.

Marine Le Pen vous fait un peu pitié, et de la peine, pourquoi pas. Elle n'en demeure pas moins une femme dangereuse et détestable. Mais vous ne pouvez vous empêcher de l'imaginer petite fille, dans l'obligation de défendre un père détesté, puis de devenir lui-même pour mieux encore le protéger, et de sacrifier son identité propre, pour venger une famille. Marine Le Pen n'existe pas. Marine Le Pen est la fille qui veut plaire à son père. Elle est le désir de son père. Elle est un grand vide comblé par l'image que son père lui renvoie. Elle n'est rien. Qu'une caisse de résonance aux cheveux blonds qui renvoie l'écho des éructations de son père. Elle s'en fout de ses idées, elle s'en fout de la France. La France, c'est son père, la France ne peut être autre chose que son père, et, dans cette mesure-là, elle l'aime. D'un amour névrotique et personnel, c'est un amour qui ne regarde qu'elle, et que des millions d'électeurs cautionnent, la renvoyant au cercle auquel elle s'est elle-même condamnée. Les familles politiques sont des prisons. D'autant plus lorsqu'elles sont extrêmes. Les filles des hommes politiques qui font de la politique sont des religieuses mariées à leur dieu, dieu le père, tout-puissant. Le père, qui s'en est fait des soldats au lieu d'en faire des enfants.

Seriez-vous en train de parler de vous ? Oseriez-vous faire un rapprochement entre la blonde haineuse et vous-même (brune et très compromise avec les Arabes) ? Horreur et damnation, c'est bien ce que vous êtes en train de faire.

Pourquoi chercher des excuses à Marine Le Pen ? Qui vous l'a demandé ? Que cherchez-vous à comprendre ? Juger, parfois, est suffisant. Accorder le bénéfice du doute, c'est déjà un petit pas vers la lâcheté. Êtes-vous lâche ou êtes-vous curieuse ? Cherchez-vous à comprendre ou à vous défausser ? Vous n'êtes pas sûre de pouvoir répondre clairement. La clarté vous manque, en général. Les certitudes aussi. Vous vivez dans le monde des idées, vous les enseignez, avec conviction, mais, dès qu'elles s'incarnent, vous regardez derrière, et commencez à en douter.

Vous écoutez Marine Le Pen, et vous songez à Hélène Berr. Marine Le Pen, son sourire béat. Hélène Berr, ses vingt-trois ans et son désir de vivre, morte cinq jours avant la libération du camp, morte de faim, la peau sur les os, le crâne rasé, morte d'avoir été *autre*.

1er mai

Les inévitables défilés.

Des 1er mai, il y en a eu beaucoup. Trente-sept fois trente et un. Trente-sept printemps, dit-on. Vingt avec votre père. Six, quatre et deux avec vos enfants. Deux passés à réviser des concours. Quelques-uns à sortir des livres. Un mai où vous avez voté à droite. Aucun depuis votre majorité n'a vu le retour de la gauche. Elle appartient à la mémoire collective, et correspond à votre enfance + adolescence : elle n'a été au pouvoir que pendant ces quatorze ans qui ont vu votre jeunesse défiler. De cinq à dix-neuf ans. Un an de majorité. Pour vous, la gauche au pouvoir, c'est la privation d'une vie normale, de l'écrin précieux de vos années d'apprentissage. Vous n'écrirez donc pas de *Bildungs Roman*. À la place, ceux que ça intéresse pourront lire des livres de politique et d'histoire. (Et vous aussi, ça ne vous ferait pas de mal.) Pour remplir les blancs. Pour comprendre de l'extérieur ce qui n'entrait jamais à l'intérieur.

Mais il n'y a rien à comprendre. Vous avez fait partie en seconde main d'une magnifique aventure. Votre aventure à vous était de n'en vivre pas. Ou de vivre celle des autres. Pour le reste il y avait le rêve, mais les rêves s'épuisent de n'être pas nourris de possible.

Jamais il ne vous est venu à l'esprit que vous pourriez vivre une autre vie, ou la même avec quelques données différentes. Jamais vous n'avez revendiqué quoi que ce soit pour vous, parce que de *vous-même*, il n'y en avait pas. Pour revendiquer quelque chose, il faut un « je ». Les enfants commencent à dire « je » vers trois quatre ans. Lorsque vous dites « je », vous pensez encore « elle », « ils ». Tous ceux que vous représentez s'invitent dans un pronom personnel qui n'a de personnel que la forme. S'en détacher est d'autant plus difficile quand on aime. Et peut-être ne faudrait-il pas se séparer ?

C'est que le quotidien vous rappelle à l'ordre. Ceux qui vous insultent et à qui vous faites des sourires, ceux qui vous escroquent et à qui vous êtes prête à demander pardon, ceux qui vous demandent du feu et que vous remerciez. Ceux à qui vous n'arrivez pas à dire non, ceux qui ne lisent pas votre livre bien qu'ils vous interrogent dessus, et dont vous reformulez les questions pour qu'ils se sortent indemnes de leur interview, ceux qui vous doivent de l'argent et à qui il est hors de question de l'exiger, ceux qui vous proposent un travail, et à qui vous n'osez pas demander combien il est payé, ceux qui vous croient illégitime dans un poste et à qui vous démontrez vaillamment le contraire en travaillant plus qu'il ne faut, ceux que vous interviewez à votre tour et que vous avez l'impression de violer, alors qu'ils ont tout à fait consenti à se laisser interroger, ceux qui parfois vous proposent des choses intéressantes mais *vous n'êtes pas à la hauteur*, ceux qui vous complimentent, que vous ne croyez pas, ceux qui vous blessent et donc ont forcément raison, ceux qui n'arrivent pas à vous mettre en colère – sauf en voiture –, ceux qui vous ennuient, mais vous terminez quand même la conversation, ceux qui vous demandent votre numéro de téléphone et à qui vous le donnez (sans arriver à changer un seul chiffre !), ceux qui vous aiment, ce que vous mettez sur le compte de leur névrose, et avec lesquels vous gardez une distance raisonnable, ceux qui cherchent à vous faire culpabiliser et à qui vous donnez entière satisfaction. Et, pourtant, vous savez tout ça.

Vous n'êtes dupe de personne, vous êtes prisonnière. À peine arrivez-vous à téléphoner pour prendre rendez-vous chez le médecin. Vous avez l'impression d'une intrusion – peut-être est-il en train de faire autre chose, de soigner un patient bien plus atteint que vous, d'envoyer des textos à sa maîtresse, bref, vous le dérangez. Et ça vous dérange de déranger. Sans doute étiez-vous un dérangement dans l'ordre des choses. Et, néanmoins, vous n'avez pas manqué d'amour. Mais alors pourquoi vous a-t-on cachée ?

2 mai

Hier soir, retombée sur ce texte qui vous a foudroyée, parce qu'il disait *exactement* ce que vous auriez souhaité écrire – mais trop tard, ce ne sera pas vous, c'est Christa Wolf.

« Car il en coûte de concéder que cette enfant-là – trois ans, sans défense, seule – t'est inaccessible. Il n'y a pas que les quarante ans qui te séparent d'elle ; il n'y a pas que l'infidélité de ta mémoire qui t'entrave, elle qui travaille selon le principe du halo et dont la mission s'appelle : oublier ! Falsifier ! Non, cette enfant a bel et bien été abandonnée par toi aussi. Par les autres d'abord, certes. Mais ensuite par l'adulte qui s'en est extirpé, qui en est peu à peu arrivé à lui faire subir tout ce que les adultes ont coutume de faire subir aux enfants : il l'a laissée derrière lui, poussée de côté, il l'a oubliée, refoulée, reniée, remodelée, falsifiée, gâtée et négligée, il en a eu honte, en a tiré vanité, il l'a mal aimée, et il l'a mal haïe. Et maintenant, bien que cela soit impossible, voilà qu'il s'est mis en tête de faire sa connaissance[1]. »

OK[2]. Vous pouvez arrêter d'écrire, tout est dit.

2 mai, soir

Vous n'étiez pas obligée de donner le nom de Christa Wolf. Vous auriez pu vous approprier malhonnêtement son texte, mais il y a toujours un érudit ou un spécialiste

1. In *Trame d'enfance*, Stock, 2009.

2. Votre père, lors d'entretiens avec Elkabbach (déjà quelle idée), reprend son attachée en communication qui lui dit « OK » : « OK ? OK ? pourquoi OK ? » Il n'aimait pas trop les abréviations ni le franglais, ni tout ce qui pouvait nuire à la langue française. Mais franchement, vous cherchez un synonyme, et vous ne trouvez pas : aussi rapide, aussi efficace, aussi transparent (votre père n'était adepte ni de la rapidité ni de la transparence, alors allez vous recoucher), il n'y a pas. Et puis, en verlan, ça fait KO, comment ne pas trouver ça délicieux ?

qui, tombant par un hasard total sur votre livre, reconnaît sous votre plume les mots d'un autre – et là, c'est la honte intégrale.

Mais voilà. Lorsque vous fichez un bouquin (oui comme les étudiants, on garde les bonnes vieilles méthodes), vous le recopiez intégralement. Ce n'est pas que vous n'ayez pas le sens de la synthèse (quoique), mais quand il vous plaît, vous n'arrivez pas à l'amputer d'une virgule, ce qui charge vos fichiers Word d'une bibliothèque entière. Un métier que vous auriez aimé exercer : copiste. Qui n'est pas équivalent à copieuse. Mais qui révèle une lourde pathologie qu'on appelle l'empathie. Vous savez être tous les autres sauf vous-même. Quant à la question du choix, elle se pose jusque dans votre travail : vous en faites l'économie puisqu'au résumé vous préférez l'intégral. Vous auriez là encore peur de trahir ? Même un auteur mort ? Même pour une fiche que personne ne lira jamais ? Même pour votre ordinateur qui est le seul réceptacle de vos secrets (à part les agents de la DCRI qui ont infiltré tous vos logiciels) ?

Remarque, ça vous amuse passablement d'imaginer un pauvre policier obligé de se taper tout Ferdinand Alquié. Comme le premier jour où vous avez donné un cours à l'université d'Aix-en-Provence, et qu'un journaliste infiltré a recueilli la substance de vos précieuses paroles pour pondre un article sur la philosophie des droits de l'homme dans *Paris Match*, excusez du peu, illustrant la vraie vie de Mazarine P. dans ses fonctions de professeur. Passionnant. Jamais autant de lecteurs ne se seront intéressés à Kant. En attendant, vous étiez terrorisée pour votre deuxième cours à l'idée de vous retrouver devant une assemblée de journalistes traîtres qui se faisaient passer pour des étudiants acnéiques. Votre capacité de confiance spontanée a quelque peu été entamée. D'autant que ce mini psychodrame que d'autres qualifieraient plus justement de bouffonnerie vous a valu la haine de votre hiérarchie (la hiérarchie vous est aussi hermétique qu'une déclaration d'impôt, et votre incapacité à identifier le rôle de chacun et sa place dans l'échelle n'a pas arrangé la situation).

C'est à l'occasion de la mort de Christa Wolf, survenue en décembre dernier, qu'une revue de littérature allemande vous a commandé un article à son sujet. À J – 4, rien de tel pour faire passer l'attente que de vous éloigner de l'actualité, aussi vous mettez-vous à la tâche. Mais c'est l'Histoire qui vous attend au tournant et, derrière elle, encore et toujours la question du « je ».

Après avoir été une enfant élevée dans le nazisme, Wolf fut une intellectuelle engagée qui assista à la fin de la guerre, à la réunification de l'Allemagne après des années de socialisme (pour les jeunes générations, socialisme en RDA = communisme inféodé à l'URSS de Staline = censure, purges, déportations, au début dans les mêmes camps qui avaient vu mourir des millions de juifs : googlesez Buchenwald, vous verrez. Rien à voir avec le socialisme français).

Son écriture fut malgré elle confrontée à l'histoire bouleversée du XXe siècle, et se situe au carrefour de la grande Histoire et de l'expérience subjective. Quelque part entre la guerre et le régime socialiste se trouve le « moi », et c'est toute la quête de Christa Wolf, tributaire de son exigence tyrannique de vérité.

« Moi-même. Je mis du temps pour venir à bout de ces deux mots. Moi-même. Qui était-ce. Lequel des êtres multiples dont ce « moi-même » se composait. Celui qui voulait se connaître ? Celui qui voulait se ménager ? Ou ce troisième qui était encore tenté d'obéir à la même baguette que ces jeunes messieurs là-dehors devant ma porte[1] ? » – à savoir deux agents de la Stasi.

Le « je » contre l'Histoire, le « je » contre la science, le « je » contre la politique ; au fond, l'écriture romanesque comme expression d'une subjectivité est peut-être en elle-même la plus grande résistance à l'idéologie.

Du fait même d'écrire à la première personne, Christa Wolf était une opposante – ce que manifestement vous n'êtes pas.

3 mai, 3 heures – insomnie

« Je sais que la vérité est bien loin des faits bruts consignés au procès-verbal. Mais vous, avec ce culte idolâtre des résultats chiffrés, vous m'avez fait douter des mots de mon langage intérieur, ceux-là mêmes qui, aujourd'hui, pourraient m'aider à opposer à l'illusoire

1. *Adieu aux fantômes*, Fayard, 1996, p. 666.

neutralité de ce procès-verbal le démenti de mes souvenirs bien réels[1]. »

La langue elle-même fut prise dans l'étau du silence, doublement imposé par la censure politique et les stratégies de l'oubli. Les deux écueils étaient de taille : d'un côté, la langue idéologique, la langue des autres ; de l'autre, la langue *interdite* (vous êtes bien placée pour le savoir), celle d'une mémoire marquée au sceau d'une culpabilité nationale et intime. (Ça, en revanche, ça ne vous concerne pas. Quoique : il y a bien la cabale de ces enfoirés qui ont reproché à votre père de n'être pas entré en résistance assez tôt. Vous auriez aimé les voir les coupeurs de têtes, évadés d'un camp allemand, rejoignant leur famille de droite, seul repère, et décidant de risquer leur vie chaque jour pour l'honneur du pays et l'idée de la liberté. De petits procureurs à la morale tardive qui mangeaient dans la main de votre père quand celui-ci était vivant, s'empressant, le tombeau fermé, d'écrire des livres d'insultes, qui à l'époque se vendaient. Des charognes quoi. Mais vous avez été témoin qu'ils se disputaient pour s'asseoir à sa table.)

Fin de la parenthèse.

Plus tard

« Tout serait pris en note : ce pourrait être mon idéal d'écriture. Un crayon suivrait le plus exactement

1. *Auto-expérimentation* (1974) in *Aucun lieu, nulle part*, Stock (1994, rééd., 2009, p. 63).

possible la trace de la vie, la main qui le conduirait serait ma main sans être ma main. Bien des gens et bien des choses participeraient à l'écriture, du plus subjectif au plus objectif, tout se mêlerait indissolublement, “comme dans la vie”, La personne se montrerait à visage découvert mais sans se mettre à nu, le regard concerné mais non troublé par un dépôt de ressentiments non élucidés. Pas un regard froid, non, mais manifestant de l'intérêt, et pourtant aussi peu sentimental que possible. Ainsi la personne mériterait une attention dénuée de tout préjugé[1]. »

Elle était décidément utopiste, c'est ça que vous aimez chez elle.

Encore plus tard

« C'est la littérature qui m'a aidée : écrire n'admet pas le mensonge, sinon on est bloqués[2]. »

Au fond, sa douleur est celle de l'impossible témoignage : elle n'a pas été témoin des camps et pourtant elle a vécu à côté d'eux. On ne peut être témoin du régime de l'ex-RDA, mais acteur et victime à la fois. Elle ne peut être témoin d'elle-même car la conscience et la mémoire sont tentées de s'enfuir. L'écriture alors est le seul témoignage possible. Elle invente cet espace vierge où l'être humain ne se rejoint jamais ; cet espace

1. *Adieu aux fantômes*, *op. cit.*
2. *Lettre à Jürgen Habermas*, 7 décembre 1991.

où il y a rupture d'identité entre le « je » vécu et le « je » pensant. L'écriture doit faire le lien, elle invente le lien, c'est là sa nécessité, son essence, sa raison d'être. Pour Christa Wolf, il n'est pas de mémoire sans création, ni de création sans littérature. Il n'est pas d'identité, il n'est pas de vie, sans mémoire et sans littérature.

Et si le corps s'en est allé ; si la maladie qu'elle a connue tôt, et sur laquelle elle a écrit, qui laissait le corps comme un champ de bataille dévasté à l'image de l'Allemagne d'après-guerre, murs détruits, cloisons obstruées, ruines ; si la souffrance physique fut un jour la défaite du langage parce qu'elle surpassait toujours le mot, c'est pourtant les mots qui resteront pour dire la victoire sur la mort.

Vous avez rencontré Christa Wolf il y a un peu moins d'un an. Vous n'avez pas su lui exprimer votre admiration. Ce genre de chose ne se dit pas, n'est jamais à sa place dans un dialogue poli. C'est aussi qu'elle était impressionnante (et pourtant vous en avez rencontré, des personnes « impressionnantes »). Vous l'affirmez alors aujourd'hui : la lecture de Christa Wolf est un éblouissement, et son *Trame d'enfance* restera à demeure sur votre table de chevet[1].

---

1. Certains passages à propos de Christa Wolf constituent le cœur de l'article paru dans *LitterAl. (N.d.E.)*

Aube

Sauver l'enfant de là-bas. L'enfant étouffé par l'amnésie et qui continue de se défendre dans votre corps d'adulte. Sauver l'enfant du silence, qui se fit toujours plus petit, se rendant même invisible. Dans les restaurants où elle retrouvait son père, scrutant avant d'entrer si une connaissance passait par là, parce que, si elle était reconnue, le cauchemar deviendrait réel. Quel cauchemar ? Qu'aurait-il pu arriver ? Que l'on sache ? Et puis ? Jamais son imagination n'alla plus loin.

Elle s'en tenait à la catastrophe, à l'imminence de la catastrophe. Elle s'en tenait à l'imminence. Alors elle préférait rester planquée, dans les pièces de son appartement – enfin pas le sien, l'appartement qu'on leur avait prêté. Pas de danger ici. On pouvait se voir, se toucher, s'appeler « papa maman chéris » sans oreilles indiscrètes, en toute liberté. Au-dehors, il fallait se cacher. Et quand son père la conviait à marcher dans les rues de Paris, elle appelait à la rescousse les mille stratégies pour se cacher en se montrant. Par le regard, elle éloignait les autres. Il suffisait de les regarder pour qu'ils ne la voient pas. Les voir les transformait en pierre. La toute-puissance du regard qui rend le regard lui-même invisible. Et puis elle alla plus loin. Si voir signifiait ne pas être vue, il restait encore trop de risques, trop de failles dans le mécanisme magique. Peut-être ne pas voir était-il encore plus efficace. Alors elle cessa de regarder. Ne pas voir pour ne pas être vue. Le monde se fermait à elle. Le principal était de demeurer cachée. Pour demeurer cachée, elle se cacha le monde. Portes verrouillées, rideaux tirés. Dans la pénombre, elle pouvait enfin évoluer sans frein, sans honte.

Mais se déplacer dans l'obscurité est à la longue fatigant, alors elle s'en tint finalement à rester assise.

Et à attendre.

Dehors, il se passait des choses. On organisait sa sécurité, le terrorisme allait bientôt battre son plein. On imaginait les scénarios dans lesquels elle aurait pu se retrouver victime, otage, on travaillait la prévention. On changeait parfois les itinéraires pour aller à l'école. Deux gardes se postaient à la sortie du lycée une demi-heure avant la sortie, inspectant les alentours. On la protégeait. Et, en la protégeant, on protégeait son secret. Qui protégeait-on, elle ou son secret ? Pour elle, c'était la même chose : représenter un danger et être en danger, la même chose. Elle a grandi dans un monde de risques potentiels, et pourtant à l'abri. Un monde hostile, dont elle n'était qu'une pièce. L'atteindre elle, c'était atteindre quelqu'un d'autre. Elle était un rempart à ce quelqu'un d'autre et son talon d'Achille.

Ce n'était pas à elle qu'on en voulait, mais c'était elle qui aurait pu être ciblée, attaquée dans sa chair, pour adresser une menace à *quelqu'un d'autre*. Son corps ne lui appartenait pas. Il n'était qu'un messager. Elle ne savait même plus bien si la douleur devrait être la sienne ou celle de son père.

Elle sentait bien que quelque chose lui échappait, qu'elle représentait un enjeu et ne pouvait pas en jouer.

Elle sentait qu'il était question de vie, de mort, ou d'affaire d'État. Que l'insouciance, ça serait pour plus tard, ou jamais. Seules les vacances avec ses cousins et ses grands-parents lui en donnaient un aperçu. On était loin alors d'enjeux autres que ceux du club des Pingouins.

Elle oublia qu'il était possible de se promener seule dans Paris, de sortir au cinéma, de rentrer en métro de chez ses copines, elle oublia la possibilité d'une vie normale. Non, elle ne l'oublia pas, elle n'en avait jamais rien su. Ce qu'elle sentait aussi, c'était que ce temps était sursitaire : un jour les choses s'arrêteraient, mais ce qu'il pouvait y avoir après, c'était un mystère insondable, presque aussi grand que celui de notre mort. L'après était *terra incognita*, où même l'imagination n'osait s'aventurer. Après tout serait fini. Mais alors son existence aussi. Pourquoi ne plus être protégée ? Pourquoi ne plus être cachée ? Qu'est-ce qui pourrait changer cela puisqu'elle même n'aurait pas changé ? Son être était-il à ce point tributaire d'une vaste organisation dans laquelle elle n'était qu'un simple pion ? Et si elle perdait son statut de trésor, que lui resterait-il ?

Elle ne chercha pas à comprendre, et s'en tint à la surface du réel.

Encore une fois, elle attendait.

Aimez-vous cette petite fille ? Vous semblez avoir du mal à vous en faire une idée, une image, elle vous échappe, ensevelie dans les décombres d'une mémoire que vous avez certainement aidé à démolir. Avez-vous pour elle de l'indulgence, de la bienveillance, de la peine ? Ou vous ennuie-t-elle et préférez-vous la laisser là où elle se trouve, dans la trappe de l'oubli ? Vous ne paraissez pas sûre de votre réponse. Vous oscillez. Mais aujourd'hui, par un étrange retour des choses, on vous demande de l'exhumer. Par bribes. Jadis on vous demandait de rendre des comptes. Vous étiez tentée de la justifier. Mais, au fond, vous ne l'interrogiez pas, elle était fossilisée dans votre album mental qui perdait ses couleurs. Vous essayiez de la sauver en sauvant les autres personnages de l'album. Mais vous l'enfonciez un peu plus, l'enchaînant à son rôle de figurante alors que vous seule auriez pu la sauver. Vous êtes coupable de maltraitance, de non-assistance à enfant en danger. Elle vous échappe, vous la tuez un peu plus chaque jour, sa voix encore se fait vaguement entendre, sa peur surtout, le soir, juste avant de s'endormir. Vous la sentez en vous tendre l'oreille au moindre bruit, et lui associer des images, elle vous offre ses cauchemars, pour le reste vous lui fermez la porte. Il y a cette petite chose au fond de vous, qui respire comme le cœur trop rapide d'un moineau affaibli, et qui dégage une faible chaleur, ses battements d'aile se font infimes, bientôt ils s'éteindront, mais vous avez une sensibilité aiguisée et vous les entendrez parce que, au fond ils dérangent le reste de l'organisme. Alors que souhaitez-vous, achever le moineau ou le soigner ? Vous n'en savez trop rien. Le chemin le plus rapide ne passe jamais par la guérison, mais au fond, vous n'avez rien d'autre à perdre que du temps, votre voie de salut c'est de lui prêter main forte. Soignez-le. Caressez-le, écoutez-le.

4 mai

J –2. L'écart se resserre entre les deux candidats. vous emmenez votre fille à la crèche, accompagnée de votre chienne que vous avez du mal à tenir en laisse en même temps que vous poussez le vélo cabossé. Aussi la laissez-vous vous suivre, fidèlement, comme c'est votre habitude. Mais le concierge de l'immeuble où se trouve la crèche ne le voit pas ainsi. Il vous invective en vous demandant de tenir votre chien. Une fois passé le portail, vous l'entendez marmonner à un autre homme : « C'est pas parce que c'est la fille de Mittrand que son chien doit pisser partout. » Vous vous retournez pour lui demander de répéter. Il se tait. Votre chien n'a pissé nulle part dans sa copropriété. Votre chien est propre, mais comme tous les chiens, il lui arrive en effet d'uriner dans le caniveau, voire plus (il vous faut préciser que vous ramassez toujours ses crottes). Quoi ? Mais de quel droit ? Il ne manquerait plus que le chien de la fille d'un ancien président de gauche pisse dans la rue ! Vous vous croyez partout chez vous ?

Voilà. Par votre seule grande faute, votre chienne serait privée de son droit le plus élémentaire et universel – faire ses besoins.

Vous avez du mal à faire comprendre à votre animal qu'elle ferait mieux de ne pas exister, ou tout au moins d'être invisible : on ne peut manipuler un chien comme on manipule un enfant. Vous sentez par ailleurs que votre enfant elle aussi est regardée de travers. Elle sourit aux deux hommes qui lui renvoient un masque impassible. Vous rectifiez le malentendu en lui assurant, une fois la porte fermée, que ce sont deux gros cons. Vous l'embrassez plus fort que de coutume, une caresse à votre chienne, vos victimes collatérales. Vous ne les protégerez pas contre ça. Elles vont connaître la haine gratuite. Il faudra leur expliquer quelque chose. Mais quoi ?

À défaut de prier, vous croisez les doigts pour que Hollande passe, juste pour voir la gueule du concierge. Ce n'est pas l'enjeu principal de cette élection, vous en convenez, mais enfin, il n'y a pas de petit plaisir.

Les commentaires relatifs au débat vous ont étonnée : « match nul » a-t-on dit de toute part. Mais vous avez du mal à considérer qu'un chef d'État qui traite son adversaire de menteur et de « petit calomniateur » (mot que vous vous êtes empressée de vérifier dans le dictionnaire, manque de bol, il existe – ce qui n'est pas coutume dans la bouche de Sarkozy, comme quoi les miracles adviennent parfois) appartiennent à la *classe* des hommes politiques.

Votre agacement est épidermique. Intérieurement, vous suppliez les épaules du Président de rester tranquilles, en réitérant des incantations silencieuses, mais votre pouvoir magique ne fait plus effet. Sarkozy ne « se bouche pas le nez » en parlant des électeurs du Front national (incriminant implicitement le mépris que Hollande leur porterait). Il ouvre plutôt même grands les bras. Tout est question de gestuelle chez lui, c'est un langage plus facile à comprendre pour les Français qui visiblement à ses yeux sont des débiles profonds. Comment ne pas se sentir insulté par la façon dont il nous parle, avec un ton d'éducateur de crèche (ce qui n'est pas leur rendre justice, à ceux qui ont pris soin de vos enfants ; et d'ailleurs, auriez-vous une seconde songé laisser vos enfants au soin de cet homme ?) : bêtifiant ses irresponsables d'électeurs. Sans doute doit-il parler « petit nègre » avec les Noirs.

Ne serait-ce que pour la sauvegarde de la langue française, l'élection de Hollande sera notre salut.

5 mai

J – 1. *Après la pluie, le beau temps*, comme le dit le titre d'un ouvrage de référence[1]. Le père d'une de vos amies vous a dit tout à l'heure : il fera le même temps demain qu'en mai 81. Il pleuvait. Vous ne vous en souvenez pas, et pour cause, vous n'étiez pas dehors. Vous étiez chez vous avec votre mère, restée seule.

C'est d'ailleurs ce qu'elle vous a proposé pour demain : venir garder vos enfants pendant que vous irez dîner chez votre oncle avec le reste de la famille, comme à chaque élection depuis que vous êtes en âge de sortir (pas six ans, donc). Vous lui avez répondu : toi aussi, tu veux refaire ton mai 81 ? Seule dans la maison, des enfants sur les genoux (au moins sont-ils

---

1. Comtesse de Ségur, *Après la pluie le beau temps.*

nombreux), devant le visage de François à la télévision ? Sauf que cette fois elle ne pleurera pas. Ou parce qu'elle se laissera aller au souvenir. Vous l'avez illico privée de cette *madeleine*, en l'enjoignant de venir fêter ce qui pourrait être l'événement – mais rien n'est encore sûr, n'en déplaise à ceux qui se partagent déjà les postes. On ne sait jamais. Vous avez peur. Vous ne direz rien, même intérieurement, qui pourrait contrarier la chance. Vous vous entraînez à croire que ce sera l'autre. Vous vous entraînez souvent à ne pas être déçue.

Mais ça ne marche pas. À force de laisser de côté l'enthousiasme pour lui réserver son heure de gloire, il n'est plus au rendez-vous. Vous verrez bien demain où il en est. Il est bien possible que vous hurliez de joie, de soulagement, de fausses réminiscences.

Vous avez traîné toute la journée, épuisée de la soirée de la veille. Et, pour finir, vous vous mettez au lit et vous ouvrez *Transcendance et incarnation, le statut de l'intersubjectivité comme altérité à soi chez Husserl*[1] (alléchant !) pour maintenir à distance la pression, le doute et le début d'angoisse. Soudain, vous avez absolument besoin de dépasser l'aporie de l'altérité en phénoménologie. L'urgence vous étreint. En langage normal, l'aporie de l'altérité, c'est l'impossibilité de penser *l'autre*, l'impossibilité de *l'autre*. C'est vous, quoi. Mais ce problème n'est visiblement pas que le

1. *Transcendance et incarnation, le statut de l'intersubjectivité comme altérité à soi chez Husserl*, Nathalie Depraz, Vrin, 1975.

vôtre. Des journalistes continuent de vous inviter sur les plateaux télé pour commenter, pour « vous exprimer », pour pleurer – et quand vous aurez fini la liste des verbes, vous pourrez demander : à quel sujet ?

Cette campagne vous aura appris que vous n'êtes pas votre père, ni une partie de lui, ni son avocat, ni sa vestale, ni sa porte-parole, ni son sosie, ni sa doublure, ni sa copie ratée, ni sa copie tout court, ni l'enfant cachée, ni l'enfant solitaire, ni le tabou, ni le secret, ni la honte : tout cela est votre histoire. Tout cela vous a définie. Tout cela fait partie de vous. Mais vous êtes *autre chose.*

L'enfance est finie. Vivez votre propre mai 81, après tout vous avez trente-sept ans, il serait temps de devenir grande. N'ayez plus honte, n'ayez plus peur, sautez, la terre est de plus en plus ferme. Votre père restera votre père, que craignez-vous ? de le quitter en « changeant » ? Vous êtes bien une enfant. Ou une pauvre fille. Mais vous êtes aussi une mère, et vous savez. Votre amour se porte désormais dans les deux directions : quittez la mort. Allez vers la vie. Essayez. Demain vous ne serez pas délivrée. Mais demain sera mieux qu'aujourd'hui.

Ou pis, selon.

6-7 mai

Toute la journée, le portable vibre, sms en pagaille, prévisions, sondages de toutes parts, vous suivez pas à pas l'avancée du dépouillement. Ce qui ne vous empêche pas de quitter Paris quelques heures, pour emmener vos enfants faire du poney. Au retour, l'impossibilité de passer par la place de Bastille est plutôt de bon augure. Ce bon augure vous coûte deux heures d'embouteillage. Une broutille eu égard aux palpitations du cœur. Vous arrivez à temps pour aller voter en famille. Vos filles mettent de belles robes, votre fils une veste, on ne lésine pas sur la symbolique du vote et, de fait, c'est chaque fois pour vous un moment important. Vos enfants mettent le bulletin dans l'urne. Puis vous repartez chez votre oncle, qui a la malheureuse idée d'habiter dans le XVIe. Vous emmenez votre fils, pour qu'il assiste avec vous au dévoilement toujours magique du nouveau Visage. Les filles sont « trop petites », argument qu'elles n'entendent pas quand vous les abandonnez, le cœur serré, pour rejoindre les quartiers chics de l'Ouest parisien (double trahison). Le métro est désert, les rues du XVIe plus encore, et elles ne sont pas prêtes de s'animer. Lorsque sonne 20 heures, calme plat. Vous hurlez par la fenêtre : « On a gagné ! », histoire de vous en convaincre, l'environnement immédiat laissant plutôt songer à un dimanche soir d'hiver. Champagne, chansons et cris dans l'appartement, votre oncle et votre tante le paieront lors de la prochaine réunion de copropriétaires. Thomas Hollande, fils de François et de Ségolène, apparaît à l'écran. Intérieurement vous le suppliez : « Non, non, ne fais pas ça ! » C'est qu'il subit la double peine, père et mère homme et femme politiques de premier rang, désormais président de la République pour l'un, ancienne candidate pour l'autre, ennemis puis alliés : l'histoire familiale est rendue publique, elle se règle dans l'arène politique. Il ne semble pas lui en garder rancœur, à cette arène. Mais pourra-t-il y pousser ? À moins d'un exil lointain, il aura toujours des parents au-dessus de lui, des parents exposés, vilipendés, haïs, adulés parfois aussi. Qu'en retirera-t-il ?

Mais vous vous projetez sans raison. Vous n'avez pas eu l'occasion de manifester publiquement votre joie lors d'une élection de votre père. Sans doute est-ce un sentiment merveilleux.

Vers 23 heures, vous reprenez la ligne 9, de plus en plus bondée à chaque station, jusqu'à Oberkampf où votre mère ramène votre fils qui « a quand même école le lendemain », argument qu'elle a prononcé à l'identique en mai 81. Vous obtempérez, car il bâille, et qu'il n'a pas fait ses devoirs vous a-t-il rappelé dans un moment de panique. (Vous vous inquiétez fugitivement qu'à six ans, on puisse s'angoisser de n'avoir pas terminé ses deux lignes d'écriture, mais enfin, il est ainsi, plus responsable que vous. Le clignotant souffrances à venir s'allume. Ce n'est pas l'heure d'y prêter attention.) Ligne 5, via Bastille, le peuple de gauche est serré dans les rames. « Sarkozy, c'est fini », chantent-ils en chœur. Vous avancez pas à pas sur les quais, à la limite de la claustrophobie, mais en profitez tout de même pour prendre des photos de cette foule que l'étroitesse du métro rend plus dense. La joie sur les visages, le soulagement, la liberté. En sortant, vous retrouvez des amis par hasard et vous dirigez vers le stand des accréditations. Arrivée au QG où patientent les artistes et les politiques, y compris les ralliements de dernière minute (peut-être même certains ont-ils voté Sarkozy et se seraient retrouvés à Concorde si le report des voix lepénistes en avait décidé autrement), vous vous rendez compte qu'on vous a volé votre téléphone portable. Votre joie s'en trouve altérée. Vous avez l'impression d'avoir été trahie. Quoi, à la sortie d'un métro de gauche, intégralement pris d'assaut par des gens de gauche, comme vous marchiez aux côtés du peuple de gauche, quelqu'un en a profité pour vous tirer votre portable sur lequel les sms « historiques » arrivaient dans un flux continu, et qui contenait des vidéos de vos enfants irremplaçables que vous n'avez évidemment pas sauvegardées.

Décidément, on veut vous voler la victoire. Déjà en 81, sous prétexte que vous n'aviez pas l'âge de raison, vous aviez été privée de Bastille ; en 88, vous avez certes défilé à République, mais c'est Bastille que vous vouliez : immaculée, grandiose, offrant ses souvenirs à tous les gens heureux – pour pouvoir enfin inventer les vôtres. C'est Bastille que vous désiriez prendre et, avec elle, votre mémoire disparue, votre histoire confisquée.

Est-ce le signe d'un deuil à faire ? Plus de portable, plus de mémoire, plus de photos. Vos souvenirs numériques liés à la période d'avant se sont effacés, de la même manière que vous vous étiez fait voler l'intégralité du coffre de votre Twingo quelques mois après la mort de votre père, perdant ainsi tous les vêtements que vous aviez mis en sa présence, dont seules quelques photographies attestent, témoins des dernières années. Les voleurs ont une fâcheuse tendance à accélérer vos cycles de deuil. Vous êtes moins efficace qu'eux.

Vous avez attendu François Hollande en devisant avec les uns et les autres, accepté de répondre à quelques questions de journalistes (« on vous l'a si gentiment demandé », vous ne voyiez plus comment vous dérober, tout ça pour dire trois platitudes, mais ce soir était un grand soir, on ne pouvait rien lui refuser). Vers minuit, il est arrivé. Par un concours de circonstances fortement lié à votre envie de cigarette, vous êtes sortie quand il entrait, vous tombant dans les bras l'un de l'autre : « Ça y est, on l'a fait », vous dit-il. L'émotion vous gagne, vous touchez du doigt l'Histoire, une nouvelle page est en train de s'écrire, vous commencez à réaliser. Un deuxième président de gauche sous la Ve République.

En réalité, vous flottez. Vide de souvenir, vide de projection, déboussolée, propulsée à un carrefour qui neutralise vos forces, vos énergies et vos désirs, mais très proche d'un bouleversement intérieur dont vous ne voyez pas encore les contours. Quelque chose s'est passé. Quelque chose est passé. Mais quoi ?

Mardi 15 mai

Branle-bas de combat, vous déposez vos enfants à l'école. Vous êtes déjà en retard. D'autant qu'en entrant dans le métro, vous apprenez par les écrans qui délivrent les informations de la RATP que la station Miromesnil est fermée au public pour cause de « passation » – arrêté de la préfecture de Paris. Vous cherchez fébrilement sur votre iPhone quelle serait la station la plus proche de la rue du Faubourg-Saint-Honoré, mais il n'y a pas de réseau, et votre GPS ne trouve pas « palais de l'Élysée ». Vous appelez à la rescousse Mohamed qui vous conseille de descendre à Saint-Augustin. Ce que vous faites, puis au pas de course vous remontez la rue de la Boétie et descendez vers le 55. Vous vous êtes trop couverte pour un marathon inopiné. En courant, vous ôtez votre pull, puis votre manteau, pour arriver débraillée devant des policiers légèrement ahuris. D'un pas plus posé, vous traversez la rue Marigny, seule. La foule s'amasse derrière les barrières de sécurité. Nathalie vous attend heureusement à la porte.

La porte. Vous entendez crier votre nom. La porte. Celle que vous n'avez jamais franchie. Pour vous, c'était celle de derrière, par les jardins, arrivée directe aux cuisines. Il y eut bien une fois, lorsque votre père vous avait conviée au dîner de l'empereur du Japon parce que vous aviez au programme de Normale sup « Le Japon de l'ère Meiji à nos jours ». Mais vous n'aviez pas alors de nom ni de prénom, simple jeune fille endimanchée dont on se demandait un peu ce qu'elle faisait là, clandestine parmi les « officiels ». Officielle, vous l'êtes aujourd'hui. Vous entendez des « Mazarine » çà et là parmi les photographes et les journalistes qui font la haie d'honneur, et c'est sur le tapis rouge que vous marchez pour entrer au palais de l'Élysée. Vous n'avez pas le temps de penser, pas le temps de vous souvenir, à peine le réflexe de vous cacher : seule sur les graviers, puis sur les marches, là où votre père attendait ses hôtes. Seule et visible, dans votre manteau blanc taché de chocolat que vous aviez porté le jour de votre Pacs, et dans la foulée oublié d'amener au pressing. Vous le laissez au vestiaire. Vous traversez les salons pour arriver dans cette grande pièce que vous connaissez bien, moquette rouge, lustres en cristal, fresques peintes au plafond où des angelots se suspendent langoureusement. Vous avez assisté là à la remise de légion d'honneur de votre grand-père ; tourné une scène du *Secret*, le film de Solveig Anspach, lorsque Jacques Chirac était président – mais c'était un samedi, vous étiez une visiteuse du week-end, et le Président vous avait proposé un café, entre deux entrées de généraux en pleine crise de la Côte-d'Ivoire. Il avait pris le temps de vous raconter sa passation, les recommandations de votre père pour ses chers colverts et le soin qu'il a pris à les honorer. Avec votre père aussi, vous avez traversé ces salles, mais vous ne vous sentiez pas bien, trop visible, invisible, transgressive, espionne, pesante – votre corps n'arrivait pas à s'inscrire dans ce décor entièrement fait pour la représentation, et où votre statut vous avait condamnée à demeurer une intruse. Les déjeuners dans le jardin, les dîners dans les appartements privés, et votre tension intérieure, cette violence qui se consumait tandis que vous étiez « en visite », en visite chez votre père, en visite chez le Président, en visite dans cette autre vie à laquelle il semblait se réjouir de vous associer. Mais ce n'était pas la vôtre. Vous n'en vouliez pas. Vous ne pouviez pas la vouloir. Elle vous déchirait.

Vous avez remonté l'allée formée par les invités, anciens ministres, sénateurs, parlementaires, gens de culture. On vous a placée au fond, près de la tribune. Quelques signes de mains, des conversations à bâtons rompus, l'attente. Puis il est arrivé. Jean-Louis Debré l'a déclaré officiellement « président de la République ». Vous entendiez ces mots solennels, qui peuvent changer une vie, et toutes les vies autour, les vies satellites, les vies imbriquées. Qui peuvent changer un homme, aussi. Vous l'avez observé, François, entrer dans ce destin, son nom gravé dans l'or sur le grand collier de la Légion d'honneur, à quelques plaques de celui de François Mitterrand. Vous l'avez imaginé, l'autre François, à cet instant unique qui consacrait la longue route de combats, d'humiliations, de victoires et de défaites, d'enfants, de femmes, et le faisait accéder dans une autre sphère, où déjà il n'était plus seulement l'homme, le père, mais l'incarnation d'un pays. À quoi a-t-il pensé à cet instant-là ? Vous étiez dans la foule, près de l'Arc de triomphe avec vos cousins et des amis. Vous l'attendiez pour son premier geste symbolique :

rallumer la flamme du soldat inconnu. Cette photographie où vous mimez les soldats avec un parapluie a été prise ce jour-là. Vous étiez quelque part, dans ce Paris immobilisé, quand il prononçait son discours et découvrait les lieux de sa nouvelle vie. Mais ce n'est plus dans la foule que vous vous trouvez. Vous êtes au même endroit que votre père, trente et un ans plus tard. Pour lui. À travers lui. Pour vous. Et pour l'enfant de la foule.

Quand François Hollande cite votre père, sa voix se brise, il bute sur un mot, vous retenez vos larmes, elles vous surprennent, elles sont si rares. Quelque chose se répare, le nouveau président répare quelque chose de votre histoire. Des journalistes vous demandent « quelques mots » : vous les leur refusez. Il ne s'agit que de vous. En quoi cela intéresserait-il la France ? Ces mots sont à vous, ils sont ces trente et un ans, ils sont cette boucle bouclée. Lorsque François Hollande a fini, il serre les mains, embrasse les joues. Quand votre tour arrive, il vous murmure : « Je suis content que tu sois là », vous lui répondez : « C'est moi qui suis contente que tu sois là. »

Dehors, la pluie se met à tomber. De la porte vitrée, vous observez ces jardins, où votre chienne Baltique gambadait. Vous pouvez dire au revoir à votre enfance, au revoir au secret, vous vous êtes réconciliée avec ce lieu qui vous avait pris votre père, qui vous avait pris votre identité. Ce lieu terrible, enchanté, maléfique. Il reprend ses dimensions humaines. Vous le voyez, ce n'est pas si grave d'être président, ce n'est pas si grave. Les maléfices sont vaincus.

Pour un temps au moins.

Je ressors par la cour d'honneur et reprends le métro à Concorde.

Cet ouvrage a été composé et mis en pages
par Étianne Composition
à Montrouge.

Impression réalisée par

BRODARD & TAUPIN

La Flèche
en novembre 2012

Dépôt légal : octobre 2012
N° d'édition : 52978/03 – N° d'impression : 71189
Imprimé en France